O ALBATROZ AZUL

O ALBATROZ AZUL

JOÃO UBALDO RIBEIRO

EDITORA
NOVA
FRONTEIRA

Copyright © 2009 por João Ubaldo Ribeiro

Direitos de edição da obra em língua portuguesa no Brasil adquiridos pela EDITORA NOVA FRONTEIRA PARTICIPAÇÕES S.A. Todos os direitos reservados. Nenhuma parte desta obra pode ser apropriada e estocada em sistema de banco de dados ou processo similar, em qualquer forma ou meio, seja eletrônico, de fotocópia, gravação etc., sem a permissão do detentor do copirraite.

EDITORA NOVA FRONTEIRA PARTICIPAÇÕES S.A.
Rua Candelária, 60 – 7º andar – Centro – 20091-020
Rio de Janeiro – RJ – Brasil
Tel.: (21) 3882-8200

O albatroz azul, de 2009, contou com a revisão/aprovação das provas pelo autor, já que foi o último romance publicado em vida. Esta edição especial segue a 1ª, logo reproduz a grafia de várias palavras tal como desejava João Ubaldo Ribeiro.

Imagem de capa: *Ning Shi (Unsplash)*

Dados Internacionais de Catalogação na Publicação (CIP)

R484a   Ribeiro, João Ubaldo, 1941-2014
          O albatroz azul/João Ubaldo Ribeiro. - [Ed. especial].
- Rio de Janeiro: Nova Fronteira, 2022.
        152 p.; 12,5 x 18 cm; (Clássicos para Todos)

        ISBN: 978-65-5640-581-0

        1. Literatura brasileira. I. Título
                        CDD: B869
                        CDU: 821.134.3(81)

André Queiroz – CRB-4/2242

CONHEÇA OUTROS
LIVROS DA EDITORA:

Para Joca e Waltinho.

Ninguém sabe.

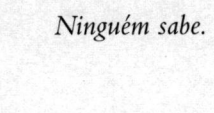

1

Sentado na quina da rampa do Largo da Quitanda, as mãos espalmadas nos joelhos, as abas do chapéu lhe rebuçando o rosto pregueado, Tertuliano Jaburu ouviu o primeiro canto de galo e mirou o céu sem alterar a expressão. Ignora-se o que, nessa calmaria antes do nascer do sol, pensam os grandes velhos como ele e ninguém lhe perguntaria nada, porque, mesmo que ele se dispusesse a responder, não entenderiam plenamente as respostas e dúvidas mais fundas sobreviriam de imediato, pois é sempre assim, quando se tenta conhecer o que o tempo ainda não autoriza. Ao olhar para o alto, talvez esteja confirmando artigos da sabedoria que seus longos anos lhe ministraram, da qual fazem parte segredos impossíveis de serem contados, porquanto não se prestam a isso, mas devem entrar sem palavras na mente e no corpo e apenas o viver lhes dá acesso. Os que têm estudo explicam a claridade e a treva, dão aulas sobre os astros e o firmamento, mas nada compreendem do Universo e da existência, pois bem distinto do explicar é o compreender e quase sempre os dois caminham separados. Que Tertuliano goza de familiaridade com os seres, visíveis e invisíveis, que povoam cada estação do dia e da noite, não sente mais medo do tempo e seu único real desejo é desejar sempre o que Deus deseja para ele, isso se sabe e se respeita, pois é da lei. E seu pensamento é percebido firme como os rochedos e corrediço como as águas.

Velho como está, então lhe é possível lembrar tudo do instantinho em que nasceu. Foi menos que um relâmpago, foi uma faísca voadora que sumiu sem chegar a cintilar, uma fresta entreaberta e fechada simultaneamente, com nenhuma duração. Mas ele já viveu o bastante para estar seguro de que, naquela passagem, soube tudo — passado, presente e futuro, os três embolados, sem antes nem depois. Todavia, esse conhecimento se esfumaça e se extravia no infinito, as vistas do nascido se desregulam e só o que ele sente é a primeira dor das muitas que virão, a dor fria do primeiro ingresso de ar no peito. Levantando-se para passar na Fonte da

Bica, como todos os dias, Tertuliano imaginou que tudo o que iria ocorrer naquele começo de dia já era sabido e ressabido em algum lugar, de alguma forma. Até mesmo que naquele dia ia lhe nascer um neto homem devia estar assentado e não por qualquer adivinhação, das mais comuns às mais abalizadas.

Pelo relevo do ventre, pelas feições da prenha, pelas manchas em sua tez, pela índole dos antojos e enojos e pelos mais variegados sinais que a Natureza concerta e expõe sem preocupação com a simplicidade, é possível vaticinar se quem chegará é macho ou fêmea, mas se trata de oceano naufragoso, em que incontáveis se aventuram e poucos chegam a bom ancoradouro. Até porque não somente em sinais consiste ele, mas em largo cabedal de saberes zelosamente atabafados ao longo das eras, cujo rol quiçá jamais se finde. Certos homens, machos modelares sob todos os aspectos, do juízo e postura à aparelhagem frontal, produzem quase que exclusivamente gala feminil. O homem assim constituído enxerta esposas, amásias, primas, cunhadas, comadres, vizinhas, colegas, conhecidas, companheiras de viagem e parentas de todos os graus aceitáveis, bem como as que mais consiga, na obediência ao império tirânico da ordenação da vida em todo o reino animal — e só o que vem é uma maria atrás da outra, principiando na glória e encerrando nas dores, pelo meio de incontáveis aparecidas, conceições, rosários e amparos. Causa para tal haverá, como para tudo salvo Deus, mas fora do entendimento comum. Já outros homens, bem menos servidos de estampa varonil, uns até falando fino e se adamando lá e cá, geram unicamente machos. E existem ainda os que atingem o bom meio-termo, pois correta é a filharada que contenha tanto machos como fêmeas, mesmo em desproporção, outros tipos acarretando grande burrice e geral atraso na ideia. Por essas e outras razões de vasta intricação, tudo foi sempre incerto e duvidoso, no que tange à mencionada prognose. E havia duas surpresas para todos nesse nascimento, embora não para ele. A primeira surpresa era porque fazia bastante tempo que parecia encerrado o rosário de netos. Os filhos já estavam ficando velhos e tendo seus próprios netos e até Belinha, a única em idade ainda frutificativa, não esperava procriar mais. E a segunda surpresa era a de que viria homem, contra todas as expectativas ou incertezas.

Mas, para Tertuliano, nada era incerto ou duvidoso quanto à oitava brotadura de sua filha temporã Belinha, de pia Cibele da Purificação, legítima esposa de Saturnino Bororó, que jamais fizera um filho homem, fosse nela, fosse em qualquer outra com quem tenha se empernado. Gala feminil fora de qualquer equívoco, conjuntura trivial não apenas na Ilha como em toda parte, sina a que têm de submeter-se, sem remédio ou reclamação inútil, os por ela recrutados. Tertuliano, porém, não tinha dúvida de que era homem seu novo neto, depois de sete meninas encarreiradas. Altina Pequena, aparadeira que nunca sofreu derrota nem nos partos mais enredados, dos três mil e tantos que dizia o povo haver ela pilotado, e que de seu riscado entendia tanto que, só de olhar para uma criatura tida por todos como donzela recatada, adivinhava por mil indícios sutis que ela estava embarrigada, pois que nascera com esse dom e era autoridade em todas as reproduções, das de galinha poedeira às de mulher parideira, visitara Belinha nas benzeduras, nos banhos de folha e no cumprimento de outros preceitos da correta gestação e nem dava confiança de responder a quem perguntava se era homem ou mulher. Somente quando insistiam era que, com o semblante mortificado próprio do sábio afrontado pela ignorância, alisava a barriga de Belinha, dava um muxoxo e proclamava que aquele bichinho lá dentro era fêmea, fêmea, fêmea, tão certo quanto o sábado sucede a sexta, desde que Deus criou o mundo. Tertuliano se recordava de haver estado presente em diversas dessas ocasiões e de ter fitado a cara sarapintada de Altina e seus olhos como dois parafusinhos de pontas salientes para fora, a boca franzida de quem mordeu um caju verde e o queixo empinado como uma bandeira mastreada. Qualquer um, mesmo ele, ou até sobretudo ele, se zumbriria a tão imperiosa autoridade, mas, logo da primeira vez em que ouviu a previsão de Altina, foi surpreendido por um sopro que recebeu no ouvido, sem atinar de onde, e que lhe fez o peito palpitar. Não sabia como, mas lhe veio a certeza de que a irrepreensível ciência de Altina dessa vez se malograra, embora sem em nada desmerecer-se, antes pelo contrário, porque é sinal do amor divino que Ele conceda a graça de mostrar à soberba humana que a perfeição é atributo do Santo Espírito, assim salvando almas de outra forma extraviáveis por orgulho e vaidade, no traiçoeiro caminho de Lúcifer. Desse dia em diante, sem que ele nem estivesse com o assunto na cabeça, um belo instante lá batia o sopro, por vezes possante como uma bufa de mula, por vezes delicado como um suspiro de beija-flor, e quase sempre trazendo novidades, a maior parte impossível de destrinchar sem muitas suposições precárias, até porque só perduravam algumas das palavras sopradas e as outras se esvaíam da memória, sugadas para fora por uma espécie de redemoinho irresistível, restando apenas fiapos aqui e ali. Que era homem o sopro repetia invariavelmente, parecia até o bom-dia que toda pessoa educada diz a quem encontra de manhã, mesmo que marido e mulher há quantos anos lá sejam. Tertuliano aprendeu a deixar de lado os fiapos, não somente porque não tinha certeza do que queriam dizer, como porque, ainda que viesse a viver muito mais para a idade em que já estava, haveria de ter morrido bem antes dos acontecimentos que, tudo fazia crer, os sopros prenunciavam.

Mas outras informações eram claras, sonoras, pausadas, não havia possibilidade de engano, assim como era patente que uma voz tão claramente originada de alguma força benfazeja não ia mentir, ele sentia que não era mentira ou armadilha do Inimigo. Por conseguinte, Tertuliano, deixando o Largo da Quitanda e rumando à Bica na andadura larga e compassada que o fazia distinguir-se de longe desde moço e a idade não travara, se preparava para quebrar o hábito de, saído da Fonte, rumar para o Mercado e ver o peixe chegar à rampa. Dessa vez iria diretamente à casa de Saturnino, porque o menino estava para nascer daí a pouco. Era mais ou menos a antevisão de Altina, que contara as semanas desde o primeiro sinal de gravidez e via, na virada de lua de crescente para cheia, propiciamento para que as bolsas d'água muito repletas, como costumavam ser as de Belinha, provocassem repuxões sobre as outras vísceras congregadas pela parturição, arrebentando sem aviso nas piores horas e levando a mulher a parir vexaminosamente em qualquer lugar, quase como quem solta uma ventosidade desgovernada. Mas Altina não podia prever a data exata e até fazia questão de admiti-lo, pois já presenciara de tudo em seu mister, desde nascidos de dez meses a nascidos sem ainda inteirar sete, não havendo em parte alguma quem pudesse assegurar o dia preciso, até porque o santo da criança, ou de um de seus pais ou mesmo avós, quando forte e caprichoso, de tudo faz para que o nascimento suceda no seu dia, nem que seja somente o da semana. Tertuliano era o único a não ter dúvida de que seria nessa manhã, aí pela entrada das cinco horas, antes da primeira missa, a enchente afunilando a correnteza pela contracosta e arrastando tudo em seu puxão para as entranhas da Ilha, as águas, os ares, a seiva das árvores e o sangue de todos os animais. Os redobres do sino, que por então estariam retinindo, já pegariam o menino enrolado em seus paninhos. Guardados desde o nascimento da irmã mais velha, esses paninhos eram cor-de-rosa. Quer dizer, ou o menino ficava nu até providenciarem vestimenta de homem, ou entraria na História como vários outros dos quais sempre se galhofa, pois ninguém esquece que hoje são muito machos e porretas, porém seu primeiro traje foi cor-de-rosa — e sempre estarão sujeitos a ouvir dos desafetos a frase acabrunhante "tu nasceste de cor-de-rosa, infeliz, cala tua boca". Mas não neste caso, pensou Tertuliano, porque ele prontamente desfaria o embrulho em que trazia a coberta e a camisola azuis que comprara para o neto fazia meses, depois de pedir sigilo absoluto, na loja de Lourenço Metro Preso. Azul-celeste forte, no matiz apropriado com que o homem, por tradição de honra, deve ingressar no mundo e que o menino logo vestiria. E as argolinhas de ouro dezoito, também passadas de irmã para irmã depois de virem da mãe, já preparadas para furar as orelhas da menina aguardada, que fossem conservadas para alguma filha do descuido, improvável, mas não impossível, ou que fossem presenteadas a Altina, a fim de que ela as derretesse e usasse o material para botar o dente da frente, cuja ausência lhe realçava a cara de preá.

Na mocidade, sim, por inocência, ignorância, bestice e boçalidade da juventude, só queria filhos homens, maior dislate não se podendo conceber. Mas, chegada a maturidade, libertou-se dessa predileção asnática e atrasada. Ao contrário, passou a ter mais gosto por filhas, netas e bisnetas e até as sobrinhas lhe agradavam mais do que os sobrinhos. Desta feita, contudo, foi como se o coração tivesse dado uma pirueta e ele fazia questão de neto homem. Não para que sua esperança ou certeza se ratificasse, porque tinha perdido havia muito esse tipo de satisfação de tanto que ela se repetia, quanto mais velho ficava. A razão era outra, muito mais forte, embora não de todo elucidável e somente pressentida. Meteu a mão no mocozinho que trazia com as alças passadas sobre o ombro, confirmou pelo tato que o embrulho estava lá, apalpou também o caderno. Ia deixá-lo no mesmo lugar, mas acabou por resolver tirá-lo. Muitas palavras ele não sabia grafar da maneira moderna, mas sabia redigir cartas de acordo com os modelos que decorara na escola, onde sempre obtivera boas menções em caligrafia, cópias, ditados, dissertações, descrições e tudo mais que se prestasse a ser escrito, até mesmo discursos, quadrinhas, acrósticos e testamentos de Judas da própria invenção. Embora com respeito, nunca teve medo do escrito ou do impresso como tantos outros, e poucos atos lhe traziam mais prazer do que sentar-se à mesa da sala, pôr os óculos de armação de tartaruga emendada com arame fino e esparadrapo, abrir seu velho estojo de madeira laqueada com estampas escurecidas pelo tempo, escolher um de seus lápis, sempre de pontas em cones caprichosamente acabados, e redigir anotações. Desde mais ou menos os vinte anos, mantinha um caderno em que registrava tudo o que lhe dava vontade, dos nomes das qualidades de peixe que já vira a palavras novas que aprendera e observações que lhe acudiam, muitas vezes sobre acontecimentos minúsculos, em que ninguém senão ele atentara. Mas jamais guardou nenhum desses cadernos. Quando terminavam as páginas em branco, experimentava um secreto prazer inebriante em, depois de reler tudo com um sorriso que mal lhe curvava os lábios, rasgar cada folha uma a uma, em tiras tão iguais quanto possível, arrumar esses retalhos no chão do quintal e atear fogo a vários pontos do montinho assim armado, de olhos fixos no fogo, esperando sobrarem apenas cinzas, que ele espalhava com as solas dos tamancos, misturando-as à terra até que se confundissem com ela. Depois passava algum tempo em pé diante do ponto que pisoteara, prestando atenção não sabia bem em quê, para em seguida ir embora, vagaroso e absorto em algo de que nunca se lembrava bem depois.

Mas nesse caderno ele não poria fogo. Ia guardá-lo bem guardado, talvez o emparedasse ou enterrasse, bem enrolado e protegido. Não, simplesmente o deixaria trancado numa gaveta. Era melhor, pois poderia desfrutar da sensação de vê-lo anos mais tarde, tantos quantos ainda tivesse pela frente. Sacou os óculos do bolso, ajeitou os arames e pressionou os esparadrapos que todo dia se prometia trocar, tirou o caderno do mocó, abriu-o diretamente no ponto que buscava, as bordas do papel já recurvas e encardidas de tanto manuseio. Lá estava escrito, em letras de imprensa calcadas em linhas grossas de lápis número um: Nome de Baptismo: Raymundo Penaforte. Era o nome que, sem admitir discordância, imporia a Saturnino e Belinha, que, além do mais, estavam desprevenidos para nomes de homem, porque esperavam desencalmados uma nova Maria, quem sabe desta vez uma Socorro, para ver se o bom Deus, por ela instado, detinha proliferação tão persistente quão custosa e trabalhosa. Provavelmente, Raymundo Penaforte Vieira da Anunciação, por causa dos sobrenomes dos pais, que com eles podiam fazer o que quisessem, não lhe interessava. Aliás, não. Isso era verdade fazia bem pouco tempo, talvez semanas, talvez dias, talvez horas. Não sabia por quê, surpreendia em si uma atitude bem diversa da habitual, a que professava desprezo por sobrenomes e linhagens. Não, não, por alguma razão desconhecida, mudara de modo de ver. Por que seria? Bem, não interessava, depois pensaria nisso, talvez fosse arte da velhice, todo dia a velhice lhe trazia uma novidade, parecia coisa de menino crescendo. É, não interessava. O fato era que de repente a questão do sobrenome se tornou essencial e, pela primeira vez em sua vida, pensou que um dia pudesse ter como descendente o príncipe de uma nova dinastia, podia ser esse seu neto. E ele, Tertuliano, seria o originador dessa nova dinastia, por que não? Não vivera uma vida gloriosa porque não era seu destino, como não tinha sido o destino dos outros incontáveis netos nascer num momento de sua existência como aquele em que Raymundo Penaforte nasceria. Seu destino, pensou ele, tinha sido preparar as glórias do seu grande neto, o que, em si, já continha sua própria glória. Sim, ventos e sopros, uma certa confusão no juízo e no coração, a vida sempre ensinando lições nunca antecipadas. Mas não era necessária nenhuma afobação, a confusão devia dissipar-se e cada coisa a seu tempo. O que interessava era o primeiro nome do menino, o batismal, o de cabeça. Era como se um dos sopros, ou vários deles, lhe houvessem ditado o nome que, inspirador de respeito e dificílimo de ignorar, o satisfazia tanto. Na verdade, não tinham sido bem os sopros que lhe determinaram o nome, mas era como se tivessem. De início raros, mas cada vez mais frequentes e oriundos de todos os quadrantes, os sopros lhe fizeram ver, com pertinácia e veemência, aquilo que convinha a menino tão exaustivamente futurado. Não se podia dar a ele o nome de um santo somente por se tratar do santo do dia, por mais prestigioso e venerado que seja ele. Esse costume, tão comum em todas aquelas partes, era inconsequente e irresponsável, dada a relevância capital que tem o nome na vida de qualquer criatura, como se sabe desde a Antiguidade. E configura leviandade para com o santo, porque não vem do coração, mas de uma surrada usança do tempo dos afonsinhos, cada dia mais fora de moda. Por seu turno, denuncia lastimável penúria de ideias usar o nome do padroeiro da Denodada Vila de Itaparica, pois que, de lourenços e todos os seus lauros e lauras, lourivais e lourivaldas, laurentinos e laurentinas, já era ela apinhada e mais ou menos um xará não faria diferença para alguém tão conceituado como ele, santo capelão guerreiro pregador e com diploma de doutor pela Igreja — não é pouca porqueira. Podia também ser, como querem muitos, e com méritos vai ver que humildes porém mais valiosos, o outro São Lourenço de que falavam volta e meia os que se orgulhavam em ter como santo padroeiro um homem de tão valente fé que preferiu morrer grelhado a renegar um só Deus e um só Seu filho, Jesus Cristo, quando o que se vê hoje em dia é o elemento virar a casaca até por quatro dedos de aguardente.

Sim, conclusão mais que manifesta: o menino só podia ter o nome do santo do dia mais importante da Ilha, por certo um dos mais importantes dias do mundo, o supremo entre os supremos do orbe terrestre, no ver de alguns antigos, já finados, mas até hoje celebrados pelo seu conhecimento. É esse dia, como todos sabem, o Sete de Janeiro, data da vitória final dos combatentes itaparicanos na Guerra da Independência e, por mais que certos uns queiram negar e até menoscabar, data da verdadeira independência brasileira. É o dia da liberdade, como Tertuliano escutara desde que começara a entender-se. O dia da Ilha, da terra-mãe, dia de triunfo e alegria, dia de heróis resplandecerem, de santas almas esvoaçarem, dia de sol, luz dourada, rebrilho no azul do céu e belos vocábulos brandidos pelos oradores em que aquele solo sempre fora pródigo. Qual, porém, era o santo do Sete de Janeiro? Vergonha o matasse, mas Tertuliano, que nunca tinha pensado nisso, não sabia. Nem ele nem ninguém a quem perguntou, dos mais novinhos até os que agora pouco mais faziam do que babar, dos toscos aos tarimbados, dos letrados aos tapados, dos sabidos aos bestas. As folhinhas, calendários e almanaques se desencontravam, uns falavam num ou em vários santos para cada dia, outros relacionavam nomes diferentes entre si — e em investigação dessa responsabilidade não se pode correr o risco de falha, pois, digam o que disserem em contrário, uma vez batizado o cristão não pode ser desbatizado nem rebatizado, não é como na Justiça, em que ainda agora estava resolvido que o justo e certo era assim e assim e logo passa a ser injusto e errado, teje preso, teje solto, conforme a descaração do momento, de formosos apelidos sempre por eles enfeitada. Talvez só no caso de excomunhão, mas aí, diz padre Fortunato, salivando chumbo derretido e com a cara de quem vai despachar o desgraçado diretamente para o Grão-Tinhoso, já se trata, se bem recordada a formidável citação latina por ele então declamada em sua pior voz de tuba amassada, da grave questão de ressacrerritus-comunicripta-potestas-preside--sacraforum-civilia-juravetantur, querendo toda essa poderosíssima elocução dizer que a Santa Madre Igreja vem de lá e manda a pamonha toda para cima do excomungado, o qual passa a não ter mais direito a nada, tanto assim que, antigamente, no tempo em que a Igreja governava tudo, se o indivíduo fosse excomungado, era melhor arrepanhar seus badulaques, se mudar para os matos, nunca mais aparecer e ainda botar as mãos para o céu por não tocarem fogo nele, nem jogá-lo de cabeça para baixo numa barrica de merda, costumes de outras épocas já observados em muitas terras — e Tertuliano foi forçado a lembrar o que não queria lembrar e fazer o que não queria fazer, ou seja, uma penosa consulta a padre Fortunato, o que o levou a estalar os dedos de irritação, em todo o caminho para a casa paroquial. Mais sensato adágio não pode haver do que aquele que adverte que não se diga que dessa água não se beberá, pois ele próprio, já com as juntas dos dedos doloridas, mal podia acreditar que tinha feito o pedido de visita e que ia dever favor àquele trampolineiro maldisfarçado.

2

O sacrifício, contudo, terminou valendo a pena, apesar de redobradamente suplicante, porque o padre, como era muitíssimo de se prever, mostrou copiosa e exibida satisfação em matraquear como uma vitrola atacada, comentar imagens e cagar regras sobre santos, não só os do Sete de Janeiro como mais dezenas e dezenas, entrelaçadas por latinórios de intuito achincalhante, ostentação de gravuras e volumes magnificentes, relatos de milagres, conversões e transfigurações e, emolduradas por um esgarzinho de superioridade que dava vontade de enfiar um siri vivo no meio das bochechas dele, lamentações patamazes sobre os pecados da vida de hoje em dia — bom filho de uma puta, papa-beatas descarado e pai de cinco filhos conhecidos, todos por ele cinicamente batizados, para não falar nos feitos em mulheres alheias, cuja conta talvez nem ele mesmo saiba. Se não fosse por ele ser padre, podia se alegar estar tudo dentro da normalidade, mas ele é padre. E, muito pior, vive ameaçando com as mais assombrosas maleficências do inferno os infelizes que, sem nem chegar aos pés dele em matéria de safadagem, prevaricam aqui e ali ou não passam de uma mancebia ou duas, ou fornicam fora de casa de caju em caju e sem grande disposição. E ninguém tem provas nem quer falar nisso, mas Ludmilo Sororoca, quando bebe e faz discursos de denúncia no Largo da Quitanda, nunca mentiu. Um ocasional exagero, talvez, mas mentira nunca. Pode ser bêbedo, mas é de excelente família e educado com muita severidade e a lembrança geral é de que a austeridade de seu pai, o finado dr. Agostinho Bulcão, por más línguas alcunhado dr. Gostinho do Cão, nunca lhe permitiu sequer esboçar um sorriso. E Ludmilo Sororoca disse no Largo da Quitanda — nunca mais repetiu, mas disse — que padre Fortunato tomava dinheiro desses pobres pecadores, a troco de não fazer chegar sua frascaria aos ouvidos das beatas com quem eram casados ou não tomar medidas ainda piores. Mais tarde, depois que teve uma conversa de quase duas horas com o padre, Ludmilo passou a negar tudo, sabendo-se que, pagas pelo padre a cada fim de mês, ele agora tem garrafas cativas sempre à disposição, nas quitandas de Almério, Antônio Borba e Jacaré. Era natural, então, que muitas vezes não se conseguisse nem olhar direito para a cara do patife, que — misericórdia, neste vale de lágrimas! — parecia que não ia parar nunca de falar. Mas finalmente o palavreado fez uma pausa e Tertuliano conseguiu anotar em seu caderno os nomes de uns seis ou sete santos, embora São Raymundo de Penaforte fosse o que logo lhe chamou a atenção. Além disso, sobejavam razões para rejeitar os outros, dos quais a maior parte ainda lhe vinha à memória, sem necessidade de recurso ao caderno. São Valentino, por exemplo, estava fora, não era preciso pensar duas vezes. Tininho Gumex, o prefeito, se chamava Valentino e perseguia Saturnino sempre que achava ocasião, por motivo de uma pendência sobre galos de briga, perdida no tempo mas nunca pacificada, como é da natureza de desavenças sobre galos de briga. O nome já estava estragado de primeira, aliás, pois não seria ele que ia assistir calado a darem nome de prefeito a seu neto e se sujeitar à fama de puxa-saco depois de velho. Teodoro nem sequer valia a pena trazer à baila, porque São Teodoro podia ser dos mais graduados e, claro, não tinha nenhuma culpa no cartório, mas puseram seu nome num safado desqualificado sem costume, mais conhecido por Dodó Peguari, macumbeiro, colhudeiro, treiteiro, embusteiro, enrolão, folgado, ousado, saliente, entrão, nojento, catarrento, intriguento, falsário, vigarista, descuidista, entreguista, adesista, ladrão de galinha desde o tempo em que andava sem calças, beberrote de já amanhecer de boca troncha e bafo de vinte sariguês e ainda ofender quem passasse por perto, até mesmo pessoas de grande respeito, não havendo cadeia nem palmatória que o corrigisse. Podia ser guarda, podia ser comissário, podia ser delegado, promotor ou juiz — não estava olhando nem cara nem canudo, na hora de dizer liberdades e suscitar a desordem. Não, um Teodoro na família, nunca jamais. Em relação a Juliano, Deus e o santo por caridade o perdoassem, mas era como se chamava oficialmente Juliano de Guiomar, embora atendendo, assinando e rubricando pelo cognome Ju Tutifrúti, uma flor de pessoa e repleto de dotes em matérias de moda, penteados, ruges, batons, bordados e outras finas prendas manuais artísticas, inteligência rara e educação por todos encomiada, mas falso ao corpo desses de requebrar em procissão de Senhor dos Passos. Não, Juliano não. Inúmeras vozes acatadas sustentam que a criança está sujeita a nascer com esse ou aquele feitio, ou ter tal ou qual propensão, por influência do nome recebido, quando combinada com outras circunstâncias, geralmente imprevisíveis. Nem todo Afrânio é afrânio, mas todo afrânio é Afrânio, há que se atentar. Recomendava a prudência, pois, não facilitar, não sendo à toa que vários sábios repetem, desde a Grande Antiguidade, que nome é presságio. Nem mesmo Félix ele aceitava, porque esse santo, que por sinal não é um santo só, é um cesto cheio de Félix Isso, Félix Aquilo e Félix Aquiloutro, que ninguém destrincha, também dá nome a outra cidade dali mesmo do Recôncavo, cidade essa que alardeia ter sido mais imprescindível que a Ilha na Guerra da Independência, juntamente com Cachoeira, que com ela se defronta do outro lado do Rio Paraguaçu e que também se mete a besta. Nesse caso, que esse tão excelentíssimo santo ficasse lá com sua cidade, não lhe faltando ao respeito, seja lá qual dos Félix ele seja, Deus o conserve em sua santidão.

São Raymundo de Penaforte era a escolha inquestionável, mais uma realidade que se enfiava olhos adentro, sem ser percebida. Qual era o símbolo da vitória da Liberdade? Era o caboclo do Sete de Janeiro, que todo ano desfila em seu galhardo carro-pedestal Rua Direita acima, alanceando a serpente da opressão portuguesa. Como é cingida a cabeça do caboclo? Com um cocar de penas coloridas, coroa do imperador de todos os hinos guerreiros, penas de combate, penas fortes, Penaforte, Raymundo Penaforte. Aliás, Raymundo, com ipsilone. São Raimundo de Penaforte, soletrara o padre com empáfia, chamando a atenção para a nova ortografia, que transformava todos os raymundos não registrados em raimundos. O padre que fosse procurar as negras dele, não se podia dispensar o ipsilone, o qual, para determinadas finalidades, continua muito mais elegante do que o I, assim como será coberto de porrada quem o tirar do nome de Ruy Barbosa e há quem afirme que sua expulsão do alfabeto da perseguida língua portuguesa foi uma arbitrariedade que até hoje provoca revolta e inconformismo, existindo muitos para quem peso que vale é kilo e Walter com V é a puta que o pariu.

Raymundo Penaforte, nome escolhido por motivo relevante, boa ressonância, composição bem casada. Bem casada até mesmo nos significados, que se completavam e se reforçavam mutuamente. Penaforte era pena forte mesmo. E Raymundo não se sabia no início, mas foi interpretado sem tardar, pois Tertuliano sempre teve dificuldade em desistir de qualquer coisa e tanto virou e mexeu que encontrou, no meio das montanhas de livros e páginas de jornais e revistas velhos, com palavras cruzadas, enigmas e charadas que tomavam mais da metade do salão de barbearia de Nascimento Clarineta, o *Repositório onomástico lúso-brazileiro — Thesôuro dos significados dos nomes próprios de pessôa e seus equivalentes nas mais importantes língoas vivas*, obra venerável, rara e de apurado acabamento artesanal, de que Nascimento, apesar de amigo-irmão e duas vezes compadre, tinha tanto ciúme que pareceu hesitar em deixar que ele a folheasse. Não se dirá que não deixou, mas ficou trêmulo e um pouco pálido, logo vindo a sugerir que ele mesmo fizesse a busca, tinha experiência, sua vista era melhor e seus óculos eram quase só de enfeite. Tertuliano concordou entregando o livro e esperando com impaciência malcontida, enquanto Nascimento, não se vai negar que fazendo uma pirracinha irresistível, depositava o volume sobre a mesinha de cerimônia, espanava-o com o lenço de cambraia perfumado de que sempre se jactava ser para narículas de duques e marquesas e o abria com lentidão exasperante, passando a virar as páginas em movimentos cadenciados. Tertuliano não podia calcular o quanto de aprendizado inestimável se podia obter naquele livro esplêndido, ele mesmo já tinha aprendido muito e havia ainda muitíssimo mais para aprender. Tirou os óculos, cruzou as pernas, apoiou um cotovelo no joelho, depositou o livro sobre a mesa outra vez.

Tertuliano apertou os dentes e se mexeu com impaciência, percebendo que ele ia começar uma pequena conferência, como de fato aconteceu imediatamente. Tertuliano sabia que Jaime, Diogo, Tiago e Jacó, por exemplo, eram o mesmo nome? E Ivan, o Terrível, impressionaria tanto, se fosse João, o Terrível? Pois, pasmasse, Ivan era João em russo, assim como Hans não passava de uma das muitas maneiras de dizer João em alemão. Já Guilherme... Não, pela bênção da finada Arminda, disse Tertuliano, pela sagrada bênção da finada senhora sua mãezinha, depois eu tomo essa aula, pode deixar, que eu venho aqui e você me ensina todas essas coisas, mas agora procure aí o nome, pelas chagas de Cristo. Nascimento o mirou por um instante como se não tivesse entendido bem o que tinha ouvido, mas pegou o livro outra vez e disse que se espantava diante daquela ânsia toda, em homem com justiça reputado pela serenidade. Estava por acaso ficando caduco, como os finados Laudelino Caroço e Cipriano Mau Sorriso, ambos seus tios, que viveram até mais de cem, mas urinando nas calças e incapazes de juntar coisa com coisa no que lhes restava de pensamento, ocasionando perturbações vexatórias no seio da família? Calma, calma, entoou Nascimento, um livro destes não se podia folhear com pressa, mesmo que houvesse pressa, mas esta perdia relevância, diante da riqueza daquele tomo. Sim, iria à letra rê, como Tertuliano acabara de pedir quase gritando, ela não ia fugir. Mas, por exemplo, não podia deixar de deter-se — e era uma pena que Tertuliano não se interessasse por aquele mundo sedutor — nas letras que marcavam os inícios de cada capítulo. Essas letras, disse Nascimento, pronunciando vigorosamente as sílabas, são, além de letras, adornos e se chamam ca-pi-tu-la-res, palavra que provém ineludivelmente de capítulo. Gostava de articular polissílabos e proparoxítonas e sempre abria um intervalo rápido após esse ato, como quem sabe haver feito algo apreciado e invejado e espera reconhecimento, admiração e até mesmo discreto aplauso. Mas finalmente aportou à letra rê e o dedo fremiu no ar, diante do nome Raymundo. O rosto esplendeceu, o bigode fino e roliço coleou para cima como uma cobrinha e um sorriso amplo antecedeu o tetrassílabo auspicioso: po-de-ro-so. Poderoso, sim, poderoso, protetor, poderoso protetor, sábio, sábio protetor, extraordinária quão pulcra associação. A primeira sílaba teria, ainda por cima, alguma coisa a ver com rei e sua conhecida etimologia latina, rex, regis, terceira declinação? Não, não, certamente não, embora esses temas linguísticos, por mais explorados, continuem em grande parte ignotos e inexplicados. À mera guisa de desempoado exemplo, não é que se constata, passe o galicismo, que, em todas as línguas do mundo, as crianças usam a letra mê para pela primeira vez dirigir-se verbalmente às genitoras, fossem de que raça ou nação, de que latitude ou longitude se originassem? Durma-se com um barulho desses, como chacoteiam os sardônicos. Mas nesse não se afigurava haver grande margem para excogitações, pois que sábio protetor parecia ser mesmo a acepção mais acorde com as fontes inatacáveis em que se abeberava o *Onomástico*. Poderoso, sem dúvida, mas a melhor interpretação era sábio protetor. Teu-tô-ni-co, acrescentou, depois de ler o verbete novamente. Tertuliano preocupou-se e inquiriu se o nome do santo significava também teutônico, palavra cujo sentido ele desconhecia e soava como referente a alguma doença, precisando ele, pois, saber se queria dizer coisa ruim ou que trouxesse atraso ou caminhos fechados para o menino, mas Nascimento, com um sorriso semelhante ao primeiro, retrucou que não, ele agora não estava mais falando no significado do nome, mas em sua procedência, que podia de fato ser teutônica e, ajuntava ele assim de cabeça, podia ser gótica ou visigótica, quem sabe até ostrogótica. Descabido, quiçá, não seria dizer que, em curiosa coincidência, seria um nome originado entre os nórdicos holandeses que no mil e seiscentos invadiram a Ilha e nela impuseram seu jugo herético por quase um ano, até serem escorraçados pela destemidez dos ilhéus. Mas isso envolvia aspectos sobremodo complexos da questão em tela, que o *Onomástico*, incriticável manancial de cultura, não deixava de abordar, mas cuja dilucidação completa requeria estudos de monta e uma erudição em que ele jejuava quase inteiramente, não tinha pejo de confessar. Era seara para os denominados fi-ló-lo-gos, informou, com irreprimível exultação por tamanha fartura de palavras de alta extração para seu habilidoso emprego, desabrochando qual flores da singela pergunta feita pelo compadre e assim deixando, mais uma vez, patenteada a valia de uma bela amizade, que não se nutre, como creem os toscos de espírito, de favores e contrafavores, mas das alegrias que os amigos dadivam uns aos outros apenas pela companhia, ou mesmo pela simples existência de um e outro.

Então tudo ajustado, por todos os lados, repensou Tertuliano. Primeiro nome: Poderoso. Melhor que Sábio Protetor, que se danassem as objeções professorais de Nascimento. Segundo nome: Penaforte. Já se impõe de saída, qualquer um sente o peso. O santo e-pô-ni-mo, como recitara Nascimento deleitado, ou seja, o santo cujo nome é tomado de empréstimo: muito bom santo, sem a menor sombra de dúvida, e valedor renomado. Agora sabia sobre ele o que precisava, não se submeteria a fazer novas perguntas a padre Fortunato. Ficaria com o muito que ele lhe dissera na oportunidade e mais houvera de dizer, se espicaçado. Já era o suficiente, pois saber coisa demais termina por prejudicar a noção. O padre era um salafrário, mas tinha competência na profissão e recorria a cada livro mais elevado do que o outro, era espiar ligeirinho aqui, folhear acolá, futucar ali e sapecava mais notícias, naturalmente atravancadas pelo latinório filaucioso, mas isso não chegava a impedir o entendimento. Confidenciou diversos particulares do catolicismo, que garantiu que quase todo mundo ia negar, inclusive e maiormente os advogados, porque aquilo era mantido nos mais cerrados dos esconderouros, constando até, em registros obscuros e geralmente apócrifos, desaparecimentos enigmáticos de curiosos que tentaram elucidar o mistério, ou apenas fizeram perguntas sobre ele em demasia. Sua batina, no entanto, não era de hoje nem de ontem, nem conquistada nesses seminários para os molengões abobalhados de atualmente, era sotaina de tradição, trazia bagagem, era limpa de sujidade, mas encardida de experiência. Padre, porém não besta. E batina não é saia, como confirmarão os que esqueceram tão elementar verdade, assim sendo levados a fatais desenganos. Ficasse sabendo Tertuliano, bem aqui entre nós, sob penas imprevisíveis para qualquer inconfidência, que esse santo era o mais forte padroeiro dos advogados de acordo com testemunhos irrefutáveis, embora até no Vaticano se fizesse boca pequena do fato, justamente para não causar intranquilidade entre os advogados, pois ninguém em seu pleno siso vai querer deixar um advogado intranquilo, não sendo a troco de nada já asseverar o antiguíssimo brocardo que o médico te limpa o corpo, o padre te limpa a alma e o bacharel teu bolso. Todo advogado informará, com a cara sonsa e reta própria de seu ofício, que o santo padroeiro deles é Santo Ivo, outrora Santo Yvo, bastante louvaminhado pela excelsa santidade e em cada 19 de maio comemorado em missas engalanadas de alterosas cerimônias e ornamentações, eles todos lá, de terno escuro, colete, gravata de seda, anel de rubi no dedo e semblante intacável. Esse santo, ao que se proclama unanimemente e está registrado em livros de santos, nunca aceitou nem peita nem propina e dele se comenta também que advogava pelos pobres. Aí já se vê a grande dificuldade, disse o padre, por se desconhecer advogado de pobre, a não ser atrás do voto, em tempo de eleição. E ainda se vê mais, aqui nesta página deste reverenciado santoral, que desse mesmo Santo Ivo também se dizia advocatus et non latro, o que também acode a demonstração de tal grande dificuldade, tanto assim que se acrescentava res miranda populo, isto é, coisa pelo povo admirada. Santo Ivo é, isso sim, padroeiro dos juízes e já tem trabalho em demasia somente nessa condição, porque se pode muito bem imaginar como ele fica ocupado e preocupado com a conduta de tão amplo contingente de seus apadroados, nesse setor da peita e da propina — enfim, cala-te, boca, mas non enim est occultum quod non manifestetur etc. e tal. O verdadeiro santo padroeiro dos advogados, com quem eles se pegam a sério, na esperança de que, por ser menos famoso entre o grande público do que, digamos, um José, um Jorge, um João, um Antônio, uma Bárbara, uma Luzia, um Roque ou Lázaro ou Bartolomeu, uma Rita, um Cristóvão ou uma Teresinha de Jesus, entre outros colegas a estes comparáveis em quantidade de devotos, e também por não gostar de aparecer, ele venha a conseguir que os céus façam vista grossa para baixas advocacias, esse padroeiro verdadeiro é outro, muito outro. É a ele que pedem para acobertar o bolodório remuneratório, a candura ardilosa, a pureza astuta, a inocência maliciosa, verdade velhaca e a troca de lado ou opinião consoante o numerário auferível. E é devoção ocultada entre eles mesmos, que, como bons advogados, escamoteiam uns dos outros até suas medalhinhas. E esse santo padroeiro, estivesse Tertuliano absolutamente seguro, embora, pelo bem de ambos, voltasse a encarecer a indispensável reserva, é São Raimundo de Penaforte e quem disser o contrário ou boqueja ignorância ou falsifica a verdade.

3

Tertuliano enxugou a água que lhe escorrera dos cantos da boca ao beber de uma torneira da Bica com as mãos em concha e tomou rumo pela trilha da gameleira nova, em direção à casa do Alto de Santo Antônio onde moravam Belinha, Saturnino e Deodora, mãe de Belinha e Herculano, este morto ainda moderninho, numa pescaria de bomba. Nunca dividira o teto com Deodora, apesar de ter sempre pago metade do aluguel da casinha onde ela vivera e onde ele lhe fizera os dois filhos. Já tinha perdido a conta do tempo em que nem a mão encostava mais nela, que, agora professora aposentada pelo estado, ajudava Belinha na criação das meninas, na lida da casa e do quintal e no preparo dos doces, cuscuzes e mingaus para o tabuleiro do Mercado. Mas sempre fora uma das mulheres com quem se dava melhor, nunca tinham tido um desentendimento sério.

E gostava do jeito dela, sem muita conversa nem melindrice, tanto no trato do dia a dia quanto na cama, não acarretava azucrinação. Até gostava também de conversar com ela de quando em quando, o que não acontecia com tantas outras mães de filhos seus, grande parte ranheta e rancorosa, capaz de repisar a vida toda uma bobagem cometida sem querer e já explicada dúzias de vezes, entre centenas de desculpas e súplicas de perdão, enquanto ainda outras não passavam de jararacas interesseiras e tagarelas destrambelhadas, a mulher sendo, como rezam prolóquios milenares, ao mesmo tempo a salvação e a perdição do homem.

Parou em frente ao portãozinho que dava para o jardim da casa e, pela movimentação, notou que o nascimento já principiara a desenrolar-se. Isto mesmo lhe disse Saturnino, logo à entrada. Altina tinha chegado cedo, a bolsa acabara de romper-se, mas a menina não descia e se configurava um entalamento, problema que não sobreviera nem de longe desde o primeiro parto de Belinha, parturiente invejada por se despachar sem florear, tome-lhe um, tome-lhe dois, tome-lhe qualquer meia dúzia de repuxões e lá vinha a outra deslizando para fora, sem ocasionar cuidado. Mas agora tanta era a preocupação que as vizinhas a farejaram e acudiram ou foram convocadas por Deodora para assistir numa coisa ou outra, cumprindo todos os preceitos adotados nesses casos, não fazendo diferença de que religião, origem e ideário, tantos que nem Altina lembra a metade. Desfizeram todo e qualquer nó encontrado na casa, de tranças a cortinados, se certificaram de que Belinha não tinha mais uma vez tomado chá de ferradura para atrasar o nascimento e parir num domingo por achar bonito e nunca haver conseguido e, enfim, tomaram providência por cima de providência, mas nada parecia vencer a grave situação aparentemente formada. Saturnino ainda quis explicar alguma miudeza a Tertuliano, mas, empurrado pela sogra, saiu para fazer o que lhe mandavam, enfiando o chapéu social na cabeça para dar sete voltas bem compassadas ao redor da casa e, tudo assim propiciado, só cabia agora recorrer aos santos especializados nessas conjunturas. Acima de todos, a Santíssima Mãe de

Deus, nas representações de Nossa Senhora da Boa Hora e Nossa Senhora do Alívio, e em seguida outros, conforme a devoção de cada um, podendo ser de Santa Margarida a Santo Erasmo, a São Raimundo Nonato.

Normalmente, Tertuliano não ficaria mesmo nervoso, porque não era de sua natureza e de fato estava contente como quem recebe um presente há tempos cobiçado e achava graça em tudo. Fora de casa, encostado no muro baixo do jardim para não se misturar com o enxame de gente rebuliçando lá dentro e até não ofender, com seus ares felizes, as diversas nervosas afamadas, as quais, agindo como todos sempre esperavam delas, já puxavam os cabelos, mordiam os lábios, reviravam os olhos e enroscavam os braços em rosários e terços, ele de repente abriu um sorriso alegre. Reconheceu, vindo apressado em sua direção, o grande amigo Nestor Gato Preto, deste modo apelidado por ser mais retinto que uma broxa besuntada de piche e ter os olhos tão azuis que brilhavam no escuro, flutuando acima dos dentes. Apertaram-se as mãos e se deram um breve abraço, fazia algum tempo que não se viam. Melhor para Gato Preto, como ele disse a Tertuliano, porque saíra por necessidade, mas acabara por ter a alegria de rever o velho amigo. Estava a caminho do Mercado, embora preferisse ficar em casa, cuidando de sua sempre atrasada correspondência. Mas seus dois saveirinhos tinham passado a noite no mar e iam chegar daí a pouco. Forçoso estar presente, porque quem tinha saído com os barcos eram Moreia e Miroró, filhos mais velhos dele com Santinha Preta. Se ele não estivesse lá para conferir tudo, do peixe ao cordame, ia ser roubado tão certo como dois e dois são quatro, não era por serem seus filhos que deixavam de ser gatunos — dissesse logo ele, antes que dissessem pelas costas mais do que já diziam. Mas o amigo Tertuliano, postado ali naquela hora, era sinal de que Belinha, a filha caçula e a mais dengada, quase uma neta, estava se dequitando novamente e então ele se via na obrigação de oferecer seus préstimos, se bem nada entendesse de paridelas, conhecendo apenas os preceitos mais difundidos e com certeza já em uso pelos presentes, além do que Altina era uma garantia de ouro. Tertuliano agradeceu, não precisava de ajuda, graças a Deus vinha tudo correndo muito bem, aquele pessoal lá dentro estava agoniado sem necessidade, isso era tudo coisa de duas ou três desencabrestadas desapoderadas desbragadas por todos conhecidas, com uma delas no meio que recebe entidade até em novena de Santo Antônio, ele já estava acostumado, era tudo fita para chamar a atenção, aquele povo de Laura Grande sempre fora muito exibido, não havia motivo nenhum para preocupação. Tinha tido que se segurar para não estourar na risada com o que vira e, bem olhada, não podia mesmo deixar de causar riso a lembrança de Naninha de Armênio, já toda arrepiada e, se duvidasse, pronta para incorporar o caboclo lá dela, que era meio monarca e tirado a galo do terreiro, mas bradando por São Raimundo Nonato, um dos de melhor renome, em casos de obstáculos ao nascimento. Ignorava ela que, embora não fosse o mesmo santo, era xará do neto dele que estava chegando. Neto, sim, agora ia ter uma cueca no meio daquela calçolada toda nas cordas do varal. Macho, sem dúvida nenhuma — se enganava Altina, erravam os palpiteiros, se espantariam os pais, porque era um menino que estava vindo e o nome ia ser aquele mesmo que ela estava zurrando sem saber que era um anúncio, só que não por causa do Raimundo Nonato, mas do Penaforte, também santo, todavia de identidade diversa. Nestor não precisava guardar segredo, podia sair espalhando, se quisesse, todo mundo logo saberia também.

Então, que achava da novidade o excelente Gato Preto? Achava o seguinte, achava que, se não fosse Tertuliano que estivesse contando, ele ia duvidar, porque Saturnino era langonha femeal exemplificada em toda a Ilha, talvez até em todo o Recôncavo. Mas, sendo Tertuliano quem falava, perfeitamente, haveria de estar tudo certo, nesse caso não cabia duvidar de que era homem mesmo. Daí a um bocadinho, tomaria a abrideira em homenagem a esse seu quase sobrinho-neto, já que Tertuliano e ele eram mais ou menos como irmãos. E muito bem escolhido o nome, um nome sério, decente, nome de homem. São Raimundo, naturalmente, já conhecia muito de ouvido e sabia que era o nome de mais de um santo, como, aliás, acreditava que acontecia com a maioria deles. Tertuliano retrucou que Gato Preto sabia daquilo por ser muito mais letrado que ele, que somente agora confirmara o de que antes tinha apenas uma noção muito vaga, ou seja, não era o caso somente de São Lourenço, mas de muitos santos com os mesmos nomes, ou porque xarás de fato, ou porque particularmente ligados a tal ou qual localidade, numa grande complicação, que demanda estudo dedicado, o qual ele não tinha na bagagem, a não ser em relação a esse referido santo. Sobre ele aprofundara algum conhecimento, inicialmente orientado por padre Fortunato, inegável finório e crápula sem-vergonha, mas crânio como os que mais crânios sejam, não vamos também querer contrariar a realidade. E em seguida contara com a preciosa assistência de seu compadre Nascimento Clarineta, que, se não tivesse tido que abandonar a escola e trabalhar logo cedo, para arrimar mãe viúva e cinco irmãos mais moços, hoje podia estar sabe-se lá em que alturas e, mesmo assim, cansa de abarbar e sobrepujar titulares de diplomas e graduações, portadores de canudos, anéis e medalhas, que nem sonham, por exemplo, dominar um vocabulário igual ao dele. Gato Preto opinou que então esse Penaforte, além de bonito e raro, devia ter sido escolhido por várias ótimas razões, além das que se mostram de primeira. Ótimas, formidáveis, notáveis e inumeráveis razões, aquiesceu Tertuliano, desejando dispor de um repertório de palavras como o de Nascimento. Não queria se vangloriar, ainda mais junto a um amigo de fé como Nestor, mas a escolha se fizera dentro de critérios esmeradíssimos e não apenas o santo era efetivamente dos mais notáveis em toda a santaria, como também era o santo do Sete de Janeiro! Que estava dizendo ele, que grande revelação, ia exclamar Gato Preto, manifestando admiração pelos conhecimentos do amigo, mas foi interrompido por Deodora, que, ofegante, apareceu lá de dentro como que brotada do chão, apertou o ombro de Tertuliano e disse que Altina queria falar com ele. O recado era somente esse, mas Deodora achava que, apesar de talvez não haver razão para aquela agitação toda, a situação não era normal, havia algum problema complicado e a testa de Altina estava suando um bocadinho. O menino — pois Altina já sabia que era um menino e nisso falavam depois — vinha de bunda, a barlavento. Sim, de bunda, desenlace trabalhoso e dificílimo em qualquer parte, até mesmo nas mais famosas maternidades e nas mãos dos mais trombeteados doutores, munidos dos mais moderníssimos aparelhos norte-americanos. Altina era mais perita do que muitos medicastros de merda, tão boa quanto os mais bem formados, mais traquejada do que a maior parte deles, porém parto de bunda é parto de bunda. Tertuliano a conhecia bem e sabia que ela não se alarmava por qualquer besteira, mas se tratava de partejamento mais que arriscado e então, e então, minha Nossa Senhora do Perpétuo Socorro, minha Mãe Celeste de Eterna Glória, defensora nossa neste vale de lágrimas, oh meu Nosso Senhor do Bonfim da Sagrada Colina que do céu alumiais o mundo, oh todos os santos valorosos que frequentam a Ilha, que estava acontecendo, que era isso, por que, diante desse quadro tão próximo de uma tragédia, Tertuliano levantava os braços e ria de contentamento? Endoidara de repente? Ele que a desculpasse, ela se benzia, batia na boca, beijava as medalhas e o escapulário e apertava seus breves, mas ousava perguntar sem medo, porque Deus sabia que ela jamais seria herege, se razão teriam os crentes em sustentar que o Cão baixava nos indivíduos mais inesperados, assim sem uma nem duas. Estaria o Pai do Mal por trás dos olhos vivazes de Tertuliano, dando risada do que podia muito bem ser obra dele ou de seus diabos? Tinham razão, meu Santo Cristo, os arrenegados pela Santa Madre Igreja? Qual era a graça que ele achava em saber de Altina esforçada sozinha, naquela peleja tão custosa? Não ligava para as vidas de sua filha e seu neto, perdera completamente o senso?

Mas Tertuliano só olhou para ela um instantinho, como se nem a tivesse ouvido direito, bateu na testa e voltou os olhos para cima. A lua virou hoje, menino? A lua já cruzara a noite toda cheia, mas é claro, mas é mais que claro, mas só podia ser a mão do santo, mas que santo mais retado, mas como é que a pessoa não se dá conta do que está bem diante de suas vistas, parece que é preciso esfregar o focinho, tudo certo, tudo muito mais que certo, qualquer burrada agora o santo podia castigar e com toda a razão, que falta de tino e tento, tudo certíssimo. Cadê Altina, era preciso dar uma mão a ela e contribuir para não se vir a cometer o pecado irremissível de perder a ocasião raríssima que agora só faltava falar para chamar a atenção, uma verdadeira sorte grande da loteria federal em dia de feriado nacional, a maior pule de todas as possíveis! Virou a lua hoje, que pergunta mais besta. Virou, sim, ainda está pela frente em riba, principiando a arriar, confirmou Gato Preto, apontando com o queixo a lua muito clara entre nuvens fininhas, apesar de a luz do sol já começar a rebrilhar em cima das águas de toda a baía. Tertuliano empurrou Deodora para o lado delicadamente, mas com firmeza, entrou na casa sem olhar para os lados ou responder a ninguém e foi direto para o quarto do casal. Viu sem surpresa que Altina estava serena e o suor na testa era somente porque, mesmo para ela, a situação requeria tarimba e calma e as circunstâncias a tornavam ainda mais especial. Cumprimentou-a com uma mesura de cabeça respeitosa e se inteirou rapidamente de tudo. Vem de bunda mesmo? Já aflorou a metade? Quase-quase, está se chegando para o ponto, vai bem. Tertuliano sabia o que Altina ia fazer, com sua admirável arte que nunca falhara, mesmo quando se vira sozinha em tal apuro pela primeira vez, num cafundó qualquer no meio do mato — e ele tinha presenciado uns dois transes desses e prestara atenção para apreciar, tinha sua beleza, sua grande beleza. Ela estava deixando a bundinha aparecer até a metade, para depois meter as mãos pelos lados, para empurrar os joelhinhos e puxar os pezinhos. E ia meter as mãos de novo, para procurar os bracinhos e livrar as mãozinhas. E depois ia, que Deus abençoasse aqueles dedos miúdos já por tantos benditos, fazer o que somente os grandes fazem com a leveza e a graça que nela sobressaem, ou seja, partir em busca da cabecinha sem vacilação, devagar mas expeditamente, uma mão no pescocinho, meio na nucazinha, a outra pela frente da carinha com um dedo enfiado na boquinha, para tudo então acabar de transcorrer com gestos de um mágico de circo. E o menino estava nascendo direito, nem Altina nem ele tinham qualquer receio quanto a isso.

Ele tinha receio, sim, de algo bem diverso, sobretudo pela sua condição de parente velho: receio de que acontecesse, com ele em inevitável primeiro lugar entre os relaxados, a família desincumbir-se mal, ou mesmo fracassar, na observação da responsabilidade que a dadivosa Providência lhes confiara e para a qual deviam ter se preparado adequadamente, não se justificava o descuido, configurava até frouxidão de fé e de piedade cristã. Então não tinham percebido que o nascimento viera precisamente no dia em que a lua, já com a cara de cheia, saía do crescente para entrar na cheia completa? E a lua, agora em manhã já bem clara, continuava inteira, redonda, lustrosa e alva, acima do poente, baixando rapidamente para só voltar à noite, mas com paciência suficiente para que tivessem tempo de lhe mostrar a bunda do menino e ela a iluminasse, com todo o poder de seu resplendor na força máxima. Tertuliano deu um abraço breve em Altina com um braço e fez um sinal para que ela passasse a dar atenção exclusiva a Belinha, cuja cama, por sorte ou graça, já era arrumada com a peanha na direção certa. E o janelão, também providencialmente fronteiro à entreperna de Belinha, só precisava ser escancarado para que a lua fosse vista sem nada que pudesse atrapalhar a solenidade singela que iam realizar, cujo significado todos percebiam. Uma coisa é dizer que, por se dar bem sem se esforçar e tudo parecer lhe cair no colo, uma pessoa qualquer nasceu de cu prá lua. Coisa diversa e mil vezes superior, cem mil vezes superior, é estar presente a um desses nascimentos. Assistir a um deles não é mesmo para qualquer um, é para os privilegiados do destino. E ter participação direta no acontecimento, então, é fonte inconteste de glória e honraria.

Tertuliano saiu do quarto, chamou as mulheres, disse que prestassem muita atenção, porque tinha de falar ligeiro, não havia tempo a perder. Comunicou que o menino vinha de bunda, mas vinha bem, Altina cuidava daquilo como a rainha do fazer bem nascer que sempre fora. E o fato vinha a constituir a maior das felicidades, porque muito pouca gente tinha a oportunidade de presenciar coisa igual e, com quase toda a certeza, ninguém ali jamais presenciaria novamente. Pois é, era o que estava lhes dizendo, lembrassem que a lua cheia tinha entrado naquela noite, permanecia ainda naquele céu de nuvens esfarrapadas e, antes de ir embora com toda a sua potência, beijaria o traseiro de seu neto Raymundo Penaforte — era esse o nome do bitelo, aliás, ficassem logo sabendo. Ele agora ia escancelar a janela. Que se postassem algumas delas de vigia do lado de fora, a fim de não permitir intrusos homens, nem velhos, nem moços, nem meninos, nem parentes, macho nenhum que não ele e o marido, olhando para onde não deviam, as intimidades de Belinha. E, depois de Altina colher a criança e passá-la aos braços dele, ele mesmo a ergueria para cima do jeito correto, o avô ostentando à lua cheia propiciatória o cu do neto, para que fosse iluminado pelos raios benfazejos que para sempre marcariam a trajetória de quem é dessa forma apresentado.

E assim tudo foi feito, sem se perder a cerimoniosidade do instante e sem se cair no exagero. O silêncio quebrou-se apenas pelo choro do menino, pois até os passarinhos, que de muito já tinham desencadeado seu alarido matinal, deixaram de ser ouvidos. Depois de puxá-lo sem esforço, como se não tivesse havido nenhuma dificuldade antes, Altina passou o menino ainda gosmento a seu avô, que o levantou com o traseirinho na direção da lua e assim o manteve enquanto rezava um padre-nosso e uma ave-maria, seu próprio rosto também voltado para o alto e muito sério, os olhos fechados e as mãos vibrando. Algumas mulheres murmuraram orações em língua da terra, língua de padre ou língua de jeje ou ioruba, ou alguma outra de trambolhada, de que só se sabe mesmo repetir a reza. Tertuliano devolveu o menino, mandou abrir o embrulho com a camisola e a coberta azuis, vangloriou-se por ter adivinhado que desta feita viria menino, abençoou Belinha, saudou Saturnino agitando no ar as mãos espalmadas e deixou o quarto, enquanto em redor passavam a tratar da limpeza, do enterro das derradeiras, do banho do nascido e de tudo mais que nessa hora se faz. O dia lá fora, cada vez mais luminoso e dourado, se cobria de uma brisa diferente, os olhos dele pareciam estar vendo tudo pela primeira vez, o peito se sentiu repleto e juvenil, a cabeça leve como nos tempos de rapaz, seguramente alguma coisa mudara depois daquela cerimônia, embora talvez nunca viesse a precisar o quê.

4

Sem a camisa, que tinha se sujado com o neto acabado de sair de dentro de Belinha e ele entregara a Deodora para uma daquelas meninas lavar, Tertuliano, sentindo o corpo pesado, mas quase boiando como se saído de um êxtase em que deixara de ser ele mesmo por alguns momentos, achou que seus pés deslizaram mais do que pisaram a caminho da bomba d'água, junto da cisterna e do pé de romã. Demorou a perceber que Gato Preto acenava e gritava para ele à distância, como se vindo de casa outra vez. Parou para esperá-lo, até que ele chegou, na corridinha de passos curtos que seu corpanzil permitia.

— Você voltou em casa? — perguntou Tertuliano.

— Voltei, voltei. Depois que Deodora disse que o menino vinha de bunda e você ficou perguntando sobre a lua, resolvi dar uma passada lá em casa. Foi interessante, apesar de que eu não possa dizer que entendi tudo e, se entendi, não sei se entendi direito. Foi interessante.

— Interessante para mim também?

— Muito. Muito interessante para você.

— O que foi assim? O menino...

— Eu vou lhe contar tudo reservadamente. Foi por isso que eu voltei correndo, para ter certeza de que ainda lhe pegava aqui. Mas tem tempo, pode se lavar. Deixe, que eu bombeio...

— Bem haja — respondeu Tertuliano. — Na hora eu nem reparei, me melei todo com o menino. Você não viu, mas foi muito bonito, muito mais do que pensava que ia ser. Virei meu neto de cu prá lua, é uma coisa linda mesmo, o povo está certo, tem sua grande razão de ser. Esse menino mais eu temos uma coisa diferente, desde ele na barriga da mãe eu já sentia, ele é diferente.

— Eu sei — disse Gato Preto, começando a bombear. — Eu sei que ele é diferente, percebi e avaliei tudo, é isso que eu preciso lhe falar. Não era para eu falar, mas, como amigo, manda a consciência que eu fale.

Só então, depois que já começava a se lavar, Tertuliano fitou o rosto do outro e chegou a recuar a cabeça um instante, como se ofuscado pelos olhos azuis que se fixavam nele, agora meio arregalados e brilhando mais que de costume.

— Você não soube nem viu nada de ruim, não foi? Você não tem nada de nenhum mau agouro para me contar, tem?

Não, Gato Preto não tinha nada de ruim a contar. Se tivesse, aliás, talvez se calasse. Mas também, com toda a honestidade, não podia garantir que era coisa inteiramente boa, pois o que sabia só ia até certo ponto, até porque aparecera uma espécie de enigma para decifrar, talvez um grande enigma. E ainda o resto era com o destino do menino e seus milhares de caminhos, encruzilhadas e novelos. De pouco ou nada adiantaria saber se era ruim ou bom, porque não havia como interferir nas linhas mestras já traçadas naquele nascimento, tudo enquadrado numa situação determinada e inevitável. Com a fala meio roufenha e atrapalhada, de fôlego curto e andamento nervoso, pediu que Tertuliano se despachasse tão depressa quanto pudesse, porque ele já estava agoniado com aquilo que queria dizer, engasgado mesmo. Só ia falar porque tinha inteira confiança num amigo de toda a vida, pois, para não se expor, até costumava negar a verdade sobre si mesmo, mas Tertuliano praticamente já sabia tudo sobre ele e agora receberia plena confirmação. Ele, Nestor Antero da Silva Sacramento, por todos conhecido naquela Ilha como o mestre alfaiate Nestor

Gato Preto, era iniciado e confirmado em artes e ciências ocultas e pertencia a várias irmandades, ordens, confrarias, terreiros, roças, centros, tendas e casas das mais vetustas e conceituadas, não só na Ilha como em outras cidades, inclusive na própria Bahia, mantendo também notáveis correspondentes no Rio de Janeiro, Minas Gerais e São Paulo. Em todos esses distinguidos cenáculos, de qualquer orientação espiritual, a discrição era a virtude que encapava todas as outras, notadamente para os mais graduados e depositários de segredos cuja guarda demandava cautela extremada. Acreditava, portanto, estar dando uma categórica demonstração de amizade e benquerer de homem para homem, o qual também existe e há aspectos em que é superior ao benquerer de homem para mulher por só transitar no espírito, ao pedir a Tertuliano que, depois de lavar-se, o acompanhasse numa caminhada para uma conversa durante a qual ninguém deveria acercar-se, como inevitavelmente aconteceria ali onde estavam. Não se tratava apenas de mais um neto de um homem como Tertuliano, que já perdera a conta dos que tinha, não sabia os nomes de uma porção deles e não via alguns fazia anos, para não falar nos bisnetos, há muito pululando lá e cá como milho de pipoca, não era novidade para se sair por aí alardeando, sucedia o tempo todo. As extraordinárias particularidades desse caso, contudo, clamavam por sua intervenção, não só de amigo como de detentor de conhecimentos poderosos, como os que agora lhe haviam trazido aquela iluminação sobre o recém-nascido. Não fossem esses conhecimentos, certamente a iluminação não teria vindo ou, mais provavelmente, viria e não seria notada pois muito daquilo que os desavisados chamam de sobrenatural é na verdade outra das incontáveis faces do natural, não percebida pelos sentidos rudes ou mirrados da grande maioria. Aquele notável e amplamente testemunhado nascimento de cu prá lua, por si só, logo se tornaria peripécia famosa. Não precisava dizer isso a macaco velho como Tertuliano, mas também não custava lembrar que, da boca de cada uma que havia presenciado o espetáculo, ia sair uma ou mais histórias, conforme uma bebesse, outra escondesse qualquer coisa do marido, outra fosse dada a enfeitar os acontecimentos, outra mentirosa mesmo e assim por diante. Ou seja, com mais uns tempos seriam tantas histórias quantos os que a contassem ou ouvissem, tantas certezas plenas, tantos eu-vi-com-estes-olhos quanto fosse possível imaginar, cada um mais carregado de retoques do narrador que o outro. E Tertuliano ia ter que aguentar ouvir besteira em cima de besteira, palpite tapado em cima de palpite tapado, ser instado a cometer erros perigosos, expor-se a conselhos maléficos, conclusões infundadas, interpretações desconchavadas e pedidos estapafúrdios, tudo vindo de gente que achava que entendia alguma coisa daquelas questões, mas não entendia nada, ou era movida pela inveja, talvez o mais comum e mais nocivo mal do homem. De maneira que, conhecendo os aspectos corretamente fundamentados do nascimento, um amigo como ele, que sabia distinguir entre a verdade dos fatos e as lorotas por tantos disseminadas, tinha o dever de antecipar e transmitir seu significado, com fidelidade e com alicerces na mais sólida doutrina. Agora estava bem patenteado, e com tudo mais conformado, que não fora acaso encontrar-se Tertuliano no portão de Belinha, bem na hora em que Gato Preto saía de casa. Já eram as mãos invisíveis que fiam toda a trama humana e com seus cordéis manobram os viventes para lá e para cá. Nascera assinalado um neto de Tertuliano e lá estava providencialmente Gato Preto, que agora se via diante de uma revelação que, por mais que houvesse tentado decifrar — e ainda tentaria muito, o resto da vida, se necessário —, só fazia intrigá-lo.

Tertuliano não o interrompeu e, com um gesto de cabeça, apenas concordou em saírem. Sabia que Gato Preto estava falando a verdade e era das poucas pessoas cujas palavras sobre esse tipo de questão podiam ser acatadas sem receio, não só devido à amizade antiga e sincera, como pela extensa familiaridade dele com o oculto, o sagrado e o espiritual. Isso viria a complementar de alguma maneira aquele nascimento formidável, e o peito de Tertuliano se encheu do mesmo calor juvenil que sentira havia pouco. Olhou com afeto para o amigo, fez um amável sinal de "adiante" e desceram a ladeira do Alto em silêncio. Já embaixo, no cais perto da caieira, Gato Preto, que durante o percurso se acalmara gradualmente, puxou o ombro de Tertuliano para que se detivessem um momento. Talvez estivesse arrumando no juízo o que ia dizer, ouvindo somente o farfalho das folhas das castanheiras sob o nordestezinho que começava a arriar e o marulho brando da água de encontro às pedras, sorvendo o cheiro do manguezal por trás da Coroa do Limo e apreciando os rebrilhos dourados do mar liso ali da contracosta, uma vista que só podia emoldurar bons sinais. Se não estava fazendo essa arrumação, pelo menos pareceu que estava e chegara ao fim, porque ergueu de supetão a cabeça antes pendida, juntou as mãos espalmadas, encostou-as levemente nos lábios franzidos e, pegando no cotovelo do outro para recomeçarem a andar cais abaixo bem devagar, principiou sua alocução, mostrando logo na abertura que falava na intimidade e pela intimidade, com todos os direitos e deveres da intimidade. Me compreenda uma coisa, Jaburu Veio, principiou ele.

Me compreenda uma coisa, meu compadre, quando a gente pensa que sabe quase tudo, vê que sabe é quase nada, louvado seja Deus. Fazia muito tempo que Gato Preto tinha plena ciência de que, por mais que aprendesse, o mais que aprendia era que precisava aprender mais. E quase não se passava dia sem que aquilo se reiterasse e de novo atestasse, às vezes de maneira contundente, a vastidão do que não se conhece e nunca se reconhecerá. Um fato desses ocorrera havia apenas alguns minutos e — por que não confessar? — chegara a assustá-lo um pouco, de tão inédito. Ficasse sabendo Tertuliano, se já não sabia, que, entre as várias artes arcanas em que se iniciara e nas quais galgara graus elevados, as veneráveis artes divinatórias se destacavam. Ramificadas entre centenas, quiçá milhares, de correntes e práticas por todo o mundo, essas artes exigiam que se escolhesse apenas uma para aprimoramento aprofundado, pois, quanto mais corroborada pelo tempo e aperfeiçoada por uma plêiade de sábios e santos homens ao longo das eras, mais complexa e dificultosa ela se tornava. Não era infrequente que uma vida inteira fosse insuficiente para se conhecerem todos os meandrosos e labirínticos caminhos da predição, ainda mais que são enganosos por natureza. Porque, em primeiro lugar, muitos deles requeriam interpretação e esta depende do intérprete, que pode ver sinais diversos dos que veriam outros e, portanto, a escolha de um vidente não é, como se pensa por aí, irrelevante, mas passo a ser tomado com vagar e bom julgamento. Entre dois videntes igualmente honestos e preparados, um será melhor que o outro, para quem os procura. Sob este aspecto tinha sorte Tertuliano, porque seu vidente, no caso, era Gato Preto, amigo havia sessenta anos, que sabia perfeitamente a embocadura em que encaixar os indícios, sabia vê-los com os olhos de quem conhecia muito bem a quem se referiam. Sob outros aspectos, contudo, o caso presente não era diverso dos demais. A previsão é capaz de afetar o evento previsto, de forma que, por ser correta, acaba se tornando falsa, e vice-versa. Se o bom vidente, por exemplo, qualquer que seja a modalidade de sua vidência, diz ao consulente que, se não fizer tal coisa, terá grande prejuízo, o consulente faz essa coisa e, por conseguinte, não tem o prejuízo, desta maneira passando a previsão de certa no início para errada no final, estando certa porque estava errada, e errada porque estava certa.

Assim alertado Tertuliano para o caráter esquivo das predições, cabia ainda a Gato Preto, por honestidade, sublinhar que, em seu preparo nessas artes, escolhera desde cedo como sua área especial, e nela militava todo santo dia, aquela que, em seu ponderado julgamento e incansável comparação com outras, se mostrava a melhor, a mais de acordo com seu temperamento e sua maneira de ver o mundo. Não podia revelar qual era ela, pois o silenciavam restrições rigorosas. Mas não existia impedimento em confidenciar a um amigo que bem poucos haviam chegado ao nível de conhecimento dele em tal arte. Praticá-la, para ele, já era quase tão natural quanto falar. Por esse lado Tertuliano não podia, de fato, estar mais bem entregue. Pelo menos era o que pensava até então. Quando correra de volta a sua casa, para fazer uma rápida consulta, não esperava grandes novidades. Estava inteiramente fiado em sua perícia e experiência e já adivinhava, sozinho e sem recorrer a nada que não elas, que veria um menino de belo destino e um avô que teria nesse menino bom fruto e dele ganharia bons anos de ocaso. E talvez mais uma bobagem ou outra, entre as poucas que uma consulta rápida permite. Mas teve uma surpresa, quase sobressalto, ao defrontar uma conformação inesperada e jamais vista por ele ou mencionada nas lições dos velhos ou em livros ou em fonte alguma que ele conhecesse. Do lado do menino, sem possibilidade de engano, uma vida vazia, certamente a preencher. Com a que ele já tinha, fazia duas vidas. Ninguém, por mais que tente, vive mesmo duas vidas. E não era uma vida no sentido figurado, era marcada, traçada, reconhecida pelo Universo, pronta para ser vivida. Impossível, devia haver alguma mensagem por trás. Na ânsia de entender aquilo, inquirira também sobre Tertuliano. Segundo e tremendo espanto. Onde estava o avô? Não se podia dizer nada dele, pois ele não aparecia. Tentou de novo e de novo se mostraram duas vidas, muito claras, muito visíveis, saltavam logo aos olhos. Mas nada de Tertuliano, absolutamente nada. Não, não se assustasse, não era presságio de morte ou doença. A estes, de tão comuns, estava bem acostumado, já os distinguia num relance. Aliás, não era presságio nenhum, não era nada, era como se todo o emaranhado mundo dos vaticínios e augúrios não reconhecesse a vida de Tertuliano, como se ele não existisse, nem nunca houvesse existido. Isso, contudo, não lhe parecia possível, pois ia contra o que sabia, ou pelo menos julgava saber. Um pensamento louco, então, lhe ocorrera. Era como se a vida de Tertuliano tivesse sido recolhida, retirada do alcance das vidências, bloqueada, por assim dizer. Talvez estivesse sendo revista por alguma poderosa entidade do destino, mas de novo ele jamais ouvira falar em ocorrência sequer semelhante. Muito intrigante, muito intrigante mesmo, ele não se conformava, ainda apuraria toda a verdade, Deus sendo servido. Mas, no momento, se via forçado a admitir que sua interpretação tinha tanto valor quanto qualquer outra. Talvez o próprio Tertuliano, quem sabe, pudesse dar um parecer esclarecedor.

Mas Tertuliano respondeu que estava tão confuso quanto ele, se não mais. Mas, de qualquer maneira, não se incomodava por não aparecer. Que previsões podia haver para ele? Uns restos, uns sobejos de uma vida já vivida. Algum tempo que ainda lhe fosse dado antes do dia de sua morte não iria modificar mais nada naquela vida, certamente era por isso que não tinha aparecido, não havia lugar para ele naquela situação, era seguramente isso que sua ausência queria dizer, havia somente o resto de vida à sua frente, mais nada a predizer. Estava bem assim, estava muito bem. E, se não tinha opinião bem formada sobre aquela ausência, o mesmo não diria sobre seu neto. Esperava que Gato Preto concordasse, porque o que se concluía de tudo o que vira e ouvira até então era que seu neto era ainda mais estrelado do que ele, Tertuliano, havia suposto, ao ajudar no que pudera, especialmente fazendo a escolha apurada e escrupulosa de um nome de batismo. O menino tinha duas vidas para trilhar à vontade, talvez com o tempo pudesse pular de uma para outra, quando precisasse ou lhe desse na telha. Sim, devia ser isso e, se não fosse, o que interessava era que tudo se mostrava positivo, sob os aspectos que o preocupavam.

Gato Preto concordou, embora com uma sombra de dúvida no olhar, que Tertuliano não percebeu. Sim, era verdade, Tertuliano tinha razão, tudo indicava um grande e vitorioso futuro para seu neto. E não somente pelos presságios e pelo cu prá lua, mas por razões conhecidas de todos, a principal das quais era o sangue que corria nas veias de Tertuliano e, portanto, nas de seu neto. O sangue também fala alto, de forma que podia assegurar que o menino não ia ser burro. Gato Preto conhecia as duas famílias dele, pessoalmente e de ouvir falar em pequeno — não havia quem deixasse de reconhecer com admiração que o sangue era todo inteligente. Teve o caso de Ostinho Peru Leso, Ostinho Ideia Fraca, ou qualquer outra das múltiplas alcunhas do finado Washington Ranulfo, que de fato era descompreendido dos pés à cabeça, nunca entendeu nada e não acertava a fazer um O com um copo, mas esse, Deus o tenha por sua inocência, podia se dizer que era doença — disfarçada, porém doença. Os demais, no entanto, esbanjavam inteligência e dotes superiores. Tradição é tradição, disse Gato Preto, agitando o indicador apontado para cima. Bem sabia que Tertuliano fazia questão de que seu sobrenome fosse Vieira e, se não tivessem intimidade, ele não tocaria nessa ferida delicada. Mas era inegável que não só alguns Vieiras se destacaram em toda a história da Ilha, como — estava certo que Tertuliano quisesse esquecer, não discutia razões que sabia bem fundamentadas e mais que justas — o recém-nascido tinha o sangue dos Botelhos Gomes. Porque, desculpasse, desculpasse, não repetiria aquilo mais nunca, mas o fato era que Tertuliano era tão filho do grande comendador Juvenal Peixoto do Amaral Viana Botelho Gomes quanto o coronel Domiciano, o coronel Constantino, o monsenhor Graciano, a professora Violeta, a professora Dália, a professora Magnólia e todos os outros irmãos e irmãs só de pai, vá lá, mas também de duas irmãs, Albina e Catarina. Sim, estava certo que Tertuliano não quisesse tocar na ferida e não havia como desrespeitar esse sentimento, mas fato é fato, nada pode desfazer o já acontecido. Botelho Gomes ele também era, não no nome, mas na carne, sem escapatória.

Tertuliano não chegou a se aborrecer com Gato Preto, não duvidava de sua boa intenção e do valor dos seus conselhos. Mas decidira, desde aquele dia terrível, não comentar aquele passado com ninguém, nem mesmo dentro de casa, nem mesmo com os irmãos de pai e mãe, os filhos do comendador com Albina, sua mãe. E ele próprio, quando pensava no assunto sem querer, sacudia a cabeça e procurava se distrair para espanar o pensamento, que de vez em quando lembrava uma mosca teimosa, que, enxotada repetidamente, volta a pousar no mesmo lugar. Admitia que, esporeado pelo entusiasmo, Gato Preto mencionasse aquilo tudo, mas não era preciso remexer mais nada, já bastava. Ia dizer isso claramente, embora com toda a gentileza, mas Gato Preto notou seu olhar e se antecipou. Pronto, perdoasse por favor. Lembrava então apenas a inteligência e as outras aptidões que são herdadas pela linhagem e não se pode tomar nem apagar, bem como a predestinação e o que pudesse ser tocado fraternalmente, sem o risco de melindres. O indispensável era encaminhar bem o menino e tomava ele a liberdade de sugerir uma providência. Sugerir somente não, pedir mesmo, insistir, se preciso. Que procurassem, assim que o menino pegasse consciência, bem antes mesmo das primeiras letras, conseguir para ele a proteção de uma pessoa de confiança e que lhe trouxesse progresso, e essa pessoa ele já sabia quem era e Tertuliano também, por assim dizer. Tudo se conjugava tão bem, naquele lance de vida, que parecia até coisa feita, coisa feita lá em cima, plano do destino superior. Ele já tinha até falado com Saturnino, enquanto Tertuliano fazia seu papel na recepção do neto, e perguntara se o casal já escolhera padrinhos para o menino. Como ele havia suposto, ainda não tinham pensado em ninguém. Com uma ruma de filhas já nas costas, era uma dificuldade nomear novos compadres e tanto deixaram para o dia seguinte que a hora chegara e ninguém fora convidado. Então Gato Preto mandou de lá: seu Zé Honório e Iá Roxinha. Foi quase como se houvesse ribombado um trovão na cara de Saturnino, porque ele se alumiou, arregalou os olhos e deu um tapa na testa. Mas ora, mas ora, meu Deus do céu, mas tinha que aparecer seu Nestor Gato Preto caído do céu para dar aquela resolução que não podia ser mais bem pensada, seu Zé Honório e Iá Roxinha, justamente, que escolha formidável!

Pois então, continuou Gato Preto, o menino ia ser apadrinhado por seu Zé Honório e Roxinha, aliás dona Roxa Flor, vinha vantagem sobre vantagem. Em primeiro lugar, era gente direita e, não menos essencial, gente com dinheiro e posses. Ninguém em toda Ilha, de qualquer ofício ou extração, tinha isso assim para dizer deles, muito pelo contrário, o acatamento e a deferência eram absolutos. Seu Zé Honório — como já tinha muitas vezes sido comentado nas rodas de conversa mais filosóficas, ao feitio das antigamente havidas na casa do finado Iô da Fonte, homem dos mais lidos e ilustrados de todo o Recôncavo — era muito singular, em que impunha todo tipo de respeito, desde que, depois de uma ausência longa, voltara a morar na Ilha: o respeito da pouca intimidade, nunca dando parte de sua vida, nem querendo parte com a vida do próximo; o respeito do pesar cada uma das palavras ditas; o respeito do não dever dinheiro; o respeito do não mentir; o respeito de ajudar sem interesse; o respeito moral e do olhar; e, finalmente, o máximo respeito, dom que nele era dos mais completos jamais relatados, o dom de já ter nascido feito de santo. Não necessitou de iniciação alguma, nasceu inteiramente pronto, de tal forma que corria risco de grande vicissitude aquele que lhe passasse a mão pela cabeça. Da mesma forma, era autoridade coberta de honras e merecedora da reverência de todos, em qualquer dos poucos terreiros a que às vezes comparecia, havendo festa ou não. Só quem o chamava de Zé Honório, sem o "seu" na frente, era dona Roxinha e assim mesmo quando não havia gente de cerimônia por perto. Podia ser quem fosse, governador, babalorixá, bispo, prefeito, general-marechal do almirantado, branco, preto ou raceado de qualquer qualidade — ninguém tomava liberdade e o tratamento era seu Zé Honório, ou senão Mestre Zé Honório, mas nunca Pai Zé Honório, que ele não deixava, assim como sua mão aceitava a mão da maioria, mas só quem a podia beijar eram as crianças. E dona Roxinha, dona Roxa Flor, mulher de prendas e lutas, era respeitada, se não temida, até por padre Fortunato. O que tinha de celebrada cozinheira e de conhecedora de todos os matos, ervas e folhas, dos venenos aos mais santos remédios, tinha de virtuosa e corajosa, na sua farta beleza luzidia, que se desdobrava pelos quartos e pelos peitos, beleza esta por inúmeros cobiçada em segredo, mas somente desfrutada por seu Zé Honório. Sendo mulher bela, risonha, paciente e de bem conviver, quem porventura interpretasse mal esses traços e com ela escrevesse e não lesse a bom desenlace não chegaria, fosse por meio de castigo corporal ou por vituperação, em ambos os quais seria difícil achar rival para ela.

Em segundo lugar, eram pretos vindos de baixo e presentemente em ótima situação — portanto muito escolados na escola da vida e em suas manobras mais traiçoeiras. Não havia falcatrua, conto do vigário, mentira de candidato, patranha de vendedor, conversa de que é irmão e outras armadilhas que seu Zé Honório não farejasse à distância e, assim, dele se podia aprender a mais pura realidade da vida. Em terceiro lugar, os filhos deles já estavam criados e moravam em lugares longínquos, todos também independentes. Por aí seguia e, ainda por cima, o menino ia ter neles não só inestimável amizade, mas também os melhores exemplos e ensinamentos, além de abrigo e proteção, se necessário. Na verdade, calhava tudo tão perfeitamente que o convite para a padrinhagem devia ser visto como uma providência obrigatória, sob pena de se cometer uma espécie de sacrilégio. O menino podia até ser dado a eles para criar, mas não era indispensável, se bem que, volta e meia, conviesse que passasse uns tempos na casa deles, era sempre um excelente preparo para a vida.

Antes de chegarem à rampa, Gato Preto tinha concluído tudo o que achara seu dever falar. Já estavam chegando ao Mercado, o movimento iniciado, o lugar de ver o peixe com fileiras de balaios cheios e cercados pelos peixeiros, tudo como todos os dias, para glória da Criação. Gato Preto bateu nas costas de Tertuliano como despedida e foi para a beira do cais aguardar seus saveirinhos, um dos quais já apontava do lado da Ilha do Medo. Tertuliano, sem atentar no que fazia, não parou no Mercado, mas continuou na direção da Fortaleza, atravessou o Jardim, sentou-se num dos bancos de pedra em frente à Coroa e às manchas coloridas do casario da cidade da Bahia do outro lado e, enquanto a luz do sol se derramava por cima das torres do Bonfim e as fazia cintilar, pensou não saberia depois dizer quanto tempo.

5

Assim contemplada do Jardim, a enchente da maré engana os olhos e a mente, na hora em que o sol já invade tudo o que se descortina, esbatendo tons de açafrão reluzente entre as folhas das amendoeiras, as ameias da Fortaleza e os contornos das nuvens. Muitas embarcações vão aproveitando o empuxo da correnteza e bordejam o lado fronteiro no prumo da Ilha, embora grande parte já de longe talhe derrota para os portos de dentro do Recôncavo e outra parte aproe afora depois de costear a leste, o velame alvo ou ocre pálido panejando contra o azul-escuro das águas mais fundas da baía. Ajuntamentos de mariscadores bulindo lá e cá como formigões vagarosos, curvados sobre a areia ou de joelhos em crateras de lama almiscarada, estalos e gorgolejos borbotando todo o tempo do vasto baixio que se funde com o horizonte, a maresia robustecida pelo sargaço amontoado ao pé do cais — e a enchente igual a um bicho engatilhado, que finge dormir mas está de bote armado, pressentida apenas no ronco do marulho longínquo. Quem não aprendeu nada percebe. Por isso daí a pouco se surpreende e não raro se intimida com a água em roldão repentino sobre a areia dura, encobrindo-a como um lençol estendido às pressas, o mar alastrado passando a emoldurar o mundo e tomando posse da paisagem e dos ares. Desde cedo, os mais velhos procuram mostrar aos novatos na vida que nada resiste ao poder circunspecto da maré, a qual não faz alarde nem estardalhaço, mas ignora o que lhe esteja à frente e cumpre infalivelmente o seu curso, lição que, se levada em conta, conduz a uma existência bem menos inquieta do que ela sempre procura ser.

Os olhos de Tertuliano, porém, não se enganaram, porque tinham visto essa mesma paisagem ao longo de muitas décadas. A lua se fora, e agora arremetia de lá aquela enchente grande de fim de verão, carregando ainda mais tenência para as primeiras horas de seu neto, mas ele não estava pensando nisso. Pensava no que a conversa com Gato Preto lhe trouxera à memória. De fato, bonitas explicações, de grande relevo e credoras de total confiança, pois emanadas da fonte mais limpa de que podia dispor. Também esplêndida a sugestão, já selada e carimbada, de dar o menino para seu Zé Honório e dona Roxinha batizarem, ajudando na criação e habilitação para a vida. Tudo muito proveitoso e merecedor de diversas anotações de providências a tomar, mas o pensamento de Tertuliano não conseguia manter-se nesse terreno, escapava a seu comando e vagava para recordações tão claras que pareciam cinema colorido. Mais que cinema, era como se tudo estivesse sendo revivido, a ponto de volta e meia ele ter vontade de arrancar os miolos e limpá-los, com o coração descompassado, vertigem, falta de ar e até mesmo um tremor invencível no queixo, como quando era pequeno e ia começar a chorar.

Diabo, quem manda na pessoa é a pessoa — não é a pessoa que manda na pessoa? Não, nem sempre, e por isso se diz "ninguém se faz", pois ninguém se faz mesmo, já nasce com sua natureza. Ele não queria que o turbilhão que lhe engolfava o juízo o desviasse da tarefa que tinha diante de si, a proteção e encaminhamento do neto, mas nada nele obedecia à sua vontade, nem sequer as unhas, que se cravam nas palmas das mãos do mesmo jeito com que se cravaram no dia cuja memória Gato Preto despertara, o dia que acabara de sentir mais uma vez, tão brutalmente terrível. Repetia-se o que ele sempre queria achar que não se repetiria. Novamente se enganara, ao julgar que esse dia estava mesmo abafado, satisfatoriamente enterrado como tocos de carvão queimado, debaixo de uma camada de cinza endurecida. Mas não, continuava bem aceso e subiam labaredas inesperadas, que lhe tostaram o rosto, os pulmões e os sentimentos. Durante todos aqueles anos, essas labaredas permaneciam armazenadas, o que, aliás, ele nunca deixou de saber, embora tentasse enganar a si mesmo. Só não sabia com que vigor podiam tornar-se outra vez uma fogueira, um incêndio devastador e inclemente. Não esperava que aquilo ainda pudesse esganá-lo nessa angústia, sentado na beira de um banco de pedra com as pernas apertadas, em frente aos últimos momentos de areia descoberta antes da invasão da maré, como se estivesse sendo esmigalhado pelo mundo e o aperto em torno dele fosse tanto que daí a pouco o impedisse de mexer-se.

Tertuliano, tinha dito Gato Preto, era tão filho do comendador Juvenal Peixoto do Amaral Viana Botelho Gomes quanto os meios-irmãos, a exemplo de Constantino e Alamanda. Verdade. E por parte de mãe tinham também o mesmo sangue, só que de duas irmãs. Verdade. Não queria lembrar, não queria ter de reconhecer a germanidade, mas não havia como negá-la. E por que não queria lembrar, não gostava nunca de lembrar, tinha até um pouco de medo? Eram fatos, pronto, acontecimentos que não podiam ser apagados, algo a que, afinal de contas, qualquer um poderia estar sujeito, não era vergonha, não tinha por que ser vergonha, fazia parte normal da vida — assim como aconteceu com uma família, podia acontecer com a outra. Graciano, Domiciano, Vespasiano, Adriano, Marco Aurélio e Constantino, apesar de mais moços, já tinham morrido, mas Trajano, Alamanda, Violeta, Magnólia e Hortênsia continuavam vivos, um ou outro talvez mais pra lá do que pra cá, mas vivos. Os Botelhos Gomes existiam, muitos deles eram até seus amigos e, pior ainda, mesmo os que não eram o tratavam abertamente como parente e ele tinha de engolir, era parte do passado e não se pode alterar o passado. Tampouco pode ser exposta a maioria dos padecimentos e agressões infligidos a uma pessoa, ela não pode dar recibo, tem que ficar calada, ou a afronta é redobrada pela sua admissão pública. Se os que eram seus amigos falavam no parentesco e o chamavam de irmão com afeto e naturalidade, não se podia ignorar a cascavel Alamanda, para citar um exemplo, que fazia questão de chamá-lo de irmão em público ou diante de novos conhecidos, somente para usar, logo ela, o pretexto para contar a história da família. Ela se comprazia em fazer isso, que revestia com uma capa de falso benquerer, porque desejava atingir Tertuliano. Mas nunca lhe foi dado o gostinho de vê-lo reconhecer qualquer desconforto ou tentar contar a verdadeira história da família, ele morria com os dentes pregados na parede, mas nunca daria a ela esse prazer perverso.

Fazendo força e crispando as feições, Tertuliano conseguiu parar de cravar as unhas nas palmas das mãos, mas ainda não via Juvenal Botelho Gomes como passado. Permanecia vivo, vivo e presente, como quando Tertuliano começou a notar, ainda menininho, que sua família era diferente. E, claro, era impossível não detestar o parentesco humilhante, não só para ele como para todos os outros filhos e descendentes da martirizada Albina Vieira. Parentesco humilhante perante o povo da Ilha, apesar de até os desafetos o admirarem pelo gesto grandioso que tivera na ocasião, de altivez e lealdade ao ventre que o gestara. Para ele, contudo, a humilhação pública, apesar de incomodar, era quase desprezível e só o ferira mesmo pela consequência fatal que trouxera à sua mãe. O que levava cravado em seu íntimo era secreta e especialmente doloroso e ninguém sabia o quanto sofrera, quanto seu coração se amargurara anos a fio, quanto chorara escondido, rezando para não ter mais pena de si mesmo, quanto se sentira vazio, infeliz, sozinho, traído, abandonado e solto como uma folha seca que o vento vai revirando pelo chão no meio da poeira, quanto se vira sem amparo nem futuro, sem vontade de falar com ninguém e só não indo ao ponto de querer morrer, mas desejando jamais ter existido. Existia, sabia que existia, mas havia momentos, pelo menos um por dia, em que quase doía e o deixava com falta de ar e vontade de sair do próprio corpo, a sensação de que lhe furtaram a vida, de que trocaram injustamente o seu caminho. Não por causa de bens ou títulos que não herdara, nada disso tinha grande valor para ele. Mas por causa da vida mesmo, que talvez nem rica terminasse por ser, mas era a sua vida, que lhe haviam furtado. Não saberia explicar isso a ninguém e até para ele mesmo era em grande parte um mistério, sem base em nenhum fato que ele imaginasse. No entanto, ele não tinha dúvida de que fora lesado, de que tomaram sua vida, sim, que vida seria, que vida teria sido, que vida tem sido, que vida foi?

Agora era fácil recompor as trajetórias das irmãs Albina e Catarina. As peças estavam encaixadas fazia tanto tempo que ninguém saberia precisar e cada vez mais escasseavam as testemunhas, quase todas finadas, finantes ou caducas, de maneira que as divergências e versões conflitantes, por vários motivos muitas vezes deturpadas intencionalmente, também rareavam. E não seria de fato possível assinalar categoricamente uma data ou mesmo um ano, porque tudo foi se ajuntando aos pedaços e devagar, no entendimento de Tertuliano criança e rapagote. No começo, os grandes, na família e fora dela, davam respostas evasivas e usavam uma linguagem cifrada diante dos pequenos, parecia existir um mundo a que estes nunca teriam acesso. Mas pouco a pouco, como não podia deixar de ser, o quadro foi clareando e, bem antes de mudar de voz ou ter pedras nos peitos, Tertuliano já sabia das duas famílias de seu pai e das duas irmãs que eram mulheres dele, uma delas sua mãe, Albina. E sabia de Iaiá Cencinha, avó única que reinava sem governar e, enfim, de toda a história de Juvenal Botelho Gomes, a qual podia narrar como se segue, tão ordenadamente quanto lograva seu pensamento inflamado e trêmulo, e com tanta abundância de minúcias quanto permitia o sem-número de ocasiões, de todos os tipos, em que lhe foi contada.

6

Juvenal Peixoto do Amaral Viana Botelho Gomes era filho do rico português Nuno Miguel Botelho Gomes, que chegou à Bahia com uma mão na frente e outra atrás, mas de moço de quitanda logo subiu a quitandeiro e num triz a merceeiro, sem demora a armazeneiro, atacadista, atravessador, importador e distribuidor e adiante só seguiu ladeira acima, com labuta sem trégua, ladinice, avareza, mão fechada, coração de pedra, confiança em ninguém, palavra sempre cumprida e nem com sonhos perdendo tempo, a não ser que fosse sonho com negócios e dinheiro. Pouco passado dos trinta, era um senhor de cinquenta de quem ninguém recorda ter jamais ouvido uma risada que não os rosnidos sarcásticos usados em muitas negociações cara a cara. E, antes de completar trinta e cinco, era armador, fazendeiro, agiota tão ativo que já podia intitular-se banqueiro, e dono de tantas terras que nem conhecia todas. Dizia o povo que a única pessoa que lhe adoçava a carranca era sua mulher, a bela e recatada Matilde, com quem nunca discutiu e de quem ouvia conselhos de toda espécie, até mesmo sobre comércio. Mas Matilde, grávida pela segunda vez, laborou em parto mais de três dias de lóquios esverdeados e malcheirosos, pariu um menino morto e, abrasada em febre e inconsciente, foi-se embora também, logo em seguida. Nuno Miguel passou o dia inteiro em pé, sem responder a nada do que lhe falaram, envergou luto fechado e impôs lei do silêncio em casa, onde se trancou, só saindo para ir às missas de defunto e só conversando o indispensável para tomar as providências que determinara a si mesmo.

Voltava para a Beira Alta, coração de Portugal, a própria celebrada Lusitânia, voltaria a Viseu, ao Dão e às montanhas e nunca mais poria os pés naquela terra brasileira que, sim, não deixara de recompensar o suor sofrido que nela derramara, mas cujas sazões demoníacas lhe haviam roubado Matilde, joia única lavrada pelo Criador, sem a qual não mais percebia razão para viver. Tinha vindo ela tão fresca e louçã, menina-moça rosada e inocente, flor lamecense que outras terras jamais viu que não a sua e esta daqui, somente para entregar-se a ele como dócil, fiel e dedicada esposa. Nunca dela se ouviu queixume ou lamúria, nem mesmo durante a sofridíssima agonia final, enquanto ainda podia falar. Agora viúvo e dilacerado pelo desgosto, ele não permaneceria em terra onde sempre se sentira degredado, pois não somente a Bahia mas todo o Brasil não era sítio para se fincar raiz, mas para nele se ganhar o possível à custa de muito sacrifício e voltar, Deus permitindo, com saúde e patrimônio, para ainda desfrutar de algum tempo num mundo concebido para o viver cristão e não naquele Purgatório na Terra que, se algo à alma lhe proporcionara, foram os séculos de indulgência de que seu padecimento o fazia credor inquestionável.

Em nome da morta venerada, mandou construir na Ponta das Baleias a capela de Santa Matilde, em cuja consagração faria sua última aparição pública, antes do retorno a Portugal. E, com seu compadre, o também português João Manuel Veiga Peixoto Vieira, nem de longe tão rico, mas de abastança vistosa e o único homem de quem, com boa vontade, podia dizer-se que era amigo, deixou a administração dos bens cuja renda proveria a recém-criada Devotada Casa das Obras Pias Santa Matilde. Decidiu também, depois de muito refletir, não levar consigo o filho único, Juvenal, afilhado de João Manuel e de sua mulher, Vicência. Em tais questões, sabia que o costumeiro era permitir-se ser levado pelo que chamavam coração, mas que não passava de fraqueza nervosa e perigoso menosprezo para com a realidade. O que devia buscar-se era o sensato, o aconselhável, o que serviria melhor aos interesses de todos, aquilo que, meditadas todas as considerações, trouxesse os resultados mais desejáveis. Agira sempre assim e assim se tornara um vitorioso. A dor pela perda de Matilde, a maior que um homem pode sentir, não o cegaria, não o induziria a fazer o de que mais tarde viria a arrepender-se. Que ficassem com o coração os sonhadores, os iludidos, os malfadados, os poetas, os filósofos e outros parasitos da sociedade. Ele preferia o bom senso e o equilíbrio. Nenhum véu diante dos olhos, nenhuma paixão pondo cores onde não existiam — só a verdade dos fatos interessa ao homem prudente.

Sem por necessidade começar pelo mais importante, cabia observar que o frangote, se bem que ainda imberbe e aflautado de voz, quase com certeza não se daria bem com a mudança. Lembrassem Portugal, tomassem em consideração os ares temperados e suaves, os costumes incomparavelmente mais decentes e, principalmente, a fala. Ele mesmo, escondendo a custo a contrariedade, já escutara patrícios de passagem pela Bahia dizerem que, apesar de naturalmente reconhecer-se nele o falar beirão, este já não era tão puro, já tinha uns timbres e tons diversos, um não-se-sabia-
-bem-o-quê, vogais molengas aqui e ali, esses e zês sibilantes em

demasia e outros sons que não calhavam bem em sua boca. O menino, que na fala nada tinha de português, muito menos de beirão, perderia o brasileiro e jamais ganharia o lusitano, vivendo para sempre num limbo de nefastos efeitos em todos os sentidos. Com a fala deturpada pelo resto da existência, o ingresso irrestrito em certos círculos, natural para alguém de elevada posição financial, podia tornar-se muito difícil, senão impossível. Protegia, por conseguinte, o futuro da fortuna que o filho herdaria e, por que não dizer, da sua própria, pois não lhe convinha apresentar como sucessor um latagão de catadura saloia, a regougar com a fala de um labrego mulato.

A isso se acrescentasse outra irrespondível verdade. No meio em que nascera e com a educação que estava recebendo, o menino estava fadado a sobressair, pois, no Brasil independente e moderno, era cada vez mais pujante a ignorância, mais imperante a estupidez e mais universal a flacidez moral. Um negociante de sangue e formação, como ele, encontraria inacreditáveis facilidades, diante da parvoíce e da falta de imaginação e ousadia inerentes àquela mestiçada cada vez mais prevalente, embalada pela indolência natural da latitude. Eles mesmos diziam que, em terra onde não há vianda, urubu é frango. Muito justamente concebido, devia ser dito de um português ali igualmente desterrado. No sentido figurado, era seu filho o frango e os brasileiros eram os urubus. E estes no sentido estrito mesmo, pois não distinguiam por si o que era bom e compravam merda por bolo-rei, contanto que lhes assegurassem que tal cagalhão era manjar da corte.

Não queria ele que julgassem que lhe faltava apego paternal, afeição pela carne de sua carne, sangue do seu sangue e sangue do anjo que fora Matilde, da santa que agora era. Somente uma besta humana não abrigaria tais sentimentos e ele não era uma besta humana, como sabiam. Mas que não entendessem o amor de pai como essa maneira choramingas de ver e tratar os descendentes que ultimamente se disseminava como erva daninha, para assombroso prejuízo das novas gerações, as quais eram o que se via, em matéria de falta de fibra e valores morais. Seu grande zelo paternal se expressava segundo ditames muito diversos, ou seja, através da escolha criteriosa do que era efetivamente o mais desejável e benéfico para o rapaz. E, até sob esse aspecto afetivo, deixar o menino na Bahia se revelava evidência de desprendimento e desvelo de sua parte, pois punha a felicidade do filho acima do egoísta amor paternal. Levá-lo para Portugal, à míngua dos cuidados que somente uma mulher é capaz de dispensar e que não se pode esperar da maior parte das madrastas, na remotíssima possibilidade de que o pai viesse a contrair novas núpcias, isso sim era que podia magoar seus sentimentos de filho. Pois já não era tão apegado à sua virtuosa madrinha, dona Vicência? Com as duas filhas, Albina e Catarina, praticamente criadas, dona Vicência viveria o nunca ocultado sonho de criar um filho homem, um filho de verdade, para todos os efeitos. O mesmo, guardadas as necessárias diferenças, podia ser dito do compadre João Manuel, que depois disso, por sobre as herdeiras de seu patrimônio, que só fariam gastá-lo ou passá-lo ao governo dos maridos que porventura viessem a arranjar, tinha o herdeiro masculino de seus negócios, que, ao contrário delas, os ampliaria, até porque já nascera rico pelo pai de sangue.

Mais poucas medidas tomadas, curtas despedidas feitas, Nuno Miguel zarpou para a Beira Alta e assentou-se numa quinta em Sernancelhe, onde passou a plantar e colher castanhas, de início buscando uma ocupação que lhe quebrasse o ócio a que não estava habituado, mas logo tanto se empenhou na produção, beneficiamento e comércio de castanhas que se tornou o dono dos soutos mais conceituados da região. Duas vezes ao ano, tão infalivelmente quanto inverno e verão, mandava uma longa carta ao compadre João Manuel, em que narrava todos esses sucessos, recebendo de volta um relatório sobre as Obras de Santa Matilde e a situação de Juvenal, agora já de cangote grosso e se revelando muito ativo, diligente e capaz nos negócios, além de filho amantíssimo de Iaiá Vicência, que não cessava de louvar os céus pela bênção que lhe enviava na forma daquele rebento exemplar, melhor que qualquer legítimo de seu conhecimento.

Pouco depois de chegar a última carta de Nuno Miguel que veria, o compadre João Manuel comeu um sarrabulho redobrado logo cedo e, por pressa e afobação em ver um carregamento de frutas embarcado para a cidade da Bahia, ficou exposto ao sol forte, sem chapéu, das onze da manhã às quatro da tarde, ele mesmo volta e meia içando um caixote cheio e fazendo força em demasia para quem já era vermelhão e por natureza propenso a apoplexias e congestões. O resultado foi que, logo antes da noitinha, com a cara meio sem graça e a respiração ansiosa, sentou-se embaixo das mangueiras para pegar fresco, pediu um copo de tinto a uma negrinha da casa e, quando ela voltou com a bandejinha, já estava morto, a cabeça pendida e os olhos arregalados.

Não se abalou a viúva mais do que comandavam as tradições e costumes adotados em transes desse tipo, não só porque já de muito vinha o finado a sofrer da gota, do mal da praia, de urinas presas e suores aflitivos, constituindo a morte descanso e graça divina, como porque Juvenal se desdobrou ainda muito além do esperado. Iá Cencinha logo se viu, como eles mesmos se apraziam em repetir, na condição de senhora e rainha, com um príncipe a postos para atender ao menor de seus caprichos, fossem doceiras do Reino trazidas a peso d'oiro, fossem as essências e extratos mais caros de França ou as porcelanas mais delicadas de Inglaterra, fossem negras de escol para agradá-la, cuidá-la e entretê-la. A única mudança foi que as cartas de Nuno Miguel passaram a ser enviadas para Juvenal, que continuou a lê-las em voz alta, bem como as respostas, para a madrinha analfabeta, cuja colaboração era indispensável, pois ela sabia melhor do que ninguém o que dizer e o que omitir, tornando suas observações imprescindíveis e acatadas escrupulosamente.

As omissões eram imperativas porque, recoberta de razão, Iá Cencinha não sabia como reagiria Nuno Miguel, se lhe fossem contadas certas particularidades da vida mais recente da família

Vieira, sob o matriarcado dela e o proconsulado de Juvenal Botelho Gomes. Preferia, assim, não propriamente mentir, mas deixar de lado, por presunção de irrelevância ou trivialidade, o acontecido entre seu ai-jesus e as duas meninas — mais que meninas, já até meio vitalinas. Pois se passara o que houvera naturalmente de se passar, naquela vila onde nada mais se oferecia para o sexo frágil, além de missas, procissões, novenas, enterros, batizados e mais uma ou outra festa da paróquia ou leilão de prendas desenxabidos, onde mandavam as velhas e as mais novas trabalhavam. Pouco mais novo que Albina e Catarina e com elas sempre estando, Juvenal acabou por se ver na situação de ter de cumprir o papel do homem, o qual é, podendo ele arcar com a responsabilidade do decente sustento, não refugar mulher que se dispõe, ainda mais sem razão, sabendo-se também que é muito difícil existir tal razão. Assim, deitou com Albina e deitou com Catarina, tornando isso um hábito e formando até mesmo uma rotina em que as duas se revezavam nas visitas a seu quarto, Catarina às segundas, quartas e sextas e Albina às terças, quintas e sábados, no domingo quase sempre havendo folga, a não ser quando Juvenal estava muito assoberbado e não podia deixar de aliviar os baixios congestionados, para tanto convocando uma ou outra sem preferência adrede estabelecida, mas ditada pela honesta necessidade do dia.

Nada disso jamais se tentou esconder de Iá Cencinha, muito pelo contrário. Assim que percebeu o que se passava, ela manteve uma longa conversa com cada uma das filhas, na qual mostrou como haviam elas tido sorte por conseguirem, contra todas as previsões, sair de um encalhe melancólico, solitário e sombrio, sem a companhia de filhos e netos no futuro e sem bom serviço de homem no presente, o qual, dissessem o que dissessem as santarronas, fazia falta a qualquer mulher de saúde, chegando a deixar algumas desprovidas mais atacadas dos nervos que um caramuru na poça de um fundo de canoa. Tinham escutado dizer que antes casada arrependida do que freira aborrecida? Pois pusessem as mãos para o céu por encontrarem um homem como Juvenal, porquanto como ele neste mundo havia bem poucos e procurassem não dificultar a vida dele, tão atribulada pelas dezenas de deveres que lhe pesavam nos ombros desde a mocidade, que quase não tivera. Falassem pouco, pedissem pouco, de nada reclamassem. Casa varrida e mulher penteada parecem bem e não custam nada. Coices de garanhão à égua carinhos são. Se lhes ocorresse alguma queixa, viessem ter com ela, pois continuava mãe delas e era também a mãe que Juvenal tinha, bem como a melhor mensageira para o coração generoso daquele rapaz abençoado, que ouvia tudo o que ela dizia, não podendo existir atenção e afeição maiores. A ele procurassem dar somente alegrias, despreocupação, obediência ajuizada e, quando chegasse a hora, bons filhos e filhas. E, finalmente, lembrava que dividir o marido alivia a trabalheira e sempre ou quase sempre é proveitoso, mas dividir a casa não dá certo, aperreia e nunca ou quase nunca é proveitoso. Em casa onde duas buzinam, todos desatinam. De maneira que já tinha persuadido Juvenal, como sempre sem dificuldade, a comprar dois casarões não perto um do outro e instalar cada irmã em um, na mais completa independência, pois tampouco convinha vizinhança próxima e o espia-espia daí decorrente. Não era para deixarem de ser amigas, pelo contrário, era para continuarem a se dar bem e cada vez mais amigas. Acreditassem nela, que podia não ser douta, mas aprendera com a ciência dos antepassados, que nunca falhava e a socorria até em sonhos. E também fazia logo questão de afiançar que trataria os netos, filhos de uma ou de outra, sem nenhuma distinção, mas com o mesmo orgulho, o mesmo carinho e afeto, até porque, Deus a perdoasse, achava linda aquela situação e a recebia como uma secreta graça da Providência, pois a melhor descendência jamais poderia aspirar. E nem se podia ter certeza de que Deus, que abençoava todos eles, desaprovava o arranjo, pois bem que podia ser uma exceção, como nos casos que contavam sobre muitos santos, papas, bispos, padres e frades, para não falar em

São Salomão, de quem ninguém sabe a conta justa de quantas mulheres teve e quantos mil filhos nelas fez.

Correram os anos como em qualquer família grande e próspera, sem que aquela peculiaridade afetasse em nada a rotina do dia a dia. Tanto Catarina quanto Albina se revelaram reprodutoras natentas e destemidas, a ponto de, num mesmo ano, por exemplo, terem nascido da primeira Domiciano e Trajano e, da segunda, Melânia. Três num mesmo ano foi somente dessa feita, mas as irmãs Vieira, durante bastante tempo, raramente se mostravam sem um menino no bucho, todos eles sadios e fáceis de criar e cada um servido de pelo menos duas amas de leite de peitarrama dobrada. A harmonia era geral e a felicidade reinava junto com Iá Cencinha, cujo quinquagésimo aniversário foi celebrado com uma semana de festas, folguedos e foguetório, culminando com o desvelamento de seu retrato a óleo, no qual ela aparecia em vestes aristocráticas, a cabeça adornada pelo diadema cravejado de gemas preciosas que lhe dera Juvenal.

Se nuvens houve em céu tão bonançoso, dali não provieram, mas de fora, como aconteceu de maneira surpreendente, quando, na carta de junho, lida e relida febrilmente por Juvenal, Nuno Miguel, cuja fortuna em Portugal e no Brasil já nem mais avaliavam, lhes contou, no tom impessoal com que falaria na compra de uma nova herdade, que ia casar-se outra vez. A idade ainda não lhe emperrara as juntas e não se trocaria pelos homens jovens que conhecia, mas mandava a prudência tomar mulher, até para assegurar-se de que receberia os cuidados de que todos na velhice vêm a necessitar. Dizia mais apenas que, ainda nos verdes anos e sem filhos, ela, Teresa Pedro Martins de Carvalho Burras Mello e Fontes, era a viúva de outro grande produtor de castanhas e herdeira única do licenciado José Jacinto Mourão de Carvalho Burras, alto funcionário público na Guarda. O casamento seria no setembro seguinte, durante as festas de Nossa Senhora dos Remédios, sem muita pompa, mas também sem frugalidade excessiva. E daí não passava a carta, o que fez com que Iá Cencinha, transtornada e revoltada com a notícia, que sem dúvida representava pesada ameaça para a já ansiosamente aguardada herança de Juvenal, praguejasse raivosamente, recitando o dia todo pela casa que marido velho com mulher nova, ou corno ou cova. Não era justo que ele cometesse essa verdadeira traição, ainda mais por motivo interesseiro e vil, ou seja, em primeiro lugar, ficar mais podre de rico do que já era. Em segundo lugar, deixar assim patente e público que um homem de sua idade e posição ainda tinha baixos instintos a vazar e precisava de uma mulher, sabia-se lá se capaz mesmo de dedicação e abnegação, para satisfazer seus caprichos de bode velho. Que leis eram essas, que permitiam ser tão maltratados os fundados anseios de um herdeiro, que direito era esse, de mexer no que pertencia a Juvenal, sucessor primeiro e legítimo, com interesses e expectativas tão alicerçados?

Mas não adiantava opor a real justiça da vida às leis humanas, ainda mais quando se estava tão distante dos acontecimentos. Iá Cencinha, conversando com Juvenal, chegou a chorar de raiva e tristeza diversas vezes. De fato, já possuíam, tanto ela quanto o afilhado, um patrimônio razoável, mas isso no caso não queria dizer nada e muito menos tirava os sagrados direitos de quem podia, com aquela herança, tornar-se uma das fortunas mais bem-estabelecidas de todo o Recôncavo, destino merecido para quem demonstrara tanto valor, em tão curta existência. Não se conformava com aquilo e não lhe trouxe resignação nem mesmo o longo e ilustrado parecer do bacharel Otoniel Guedes Varela, o Varelinha da intimidade da família, mais ladino do que trinta ratazanas, que em vão escarafunchou todo o seu sortido baú de maroteiras e não descobriu solércia jurídica que pudesse impedir o gesto de Nuno Miguel e a aplicação das leis portuguesas a seus bens, depois de celebrado o matrimônio. E o que de astúcia e tranquibérnia não engendrasse o Varelinha nem o próprio Belzebu conceberia, era causa sem esperança.

7

Iá Cencinha nunca fora mulher de desistir, não nascera para a derrota, não se tornara à toa uma figura de rainha, pois, se não trazia a realeza do berço, a vida a presenteara. E, se como rainha era tida, como rainha agiria. Não reinava sobre Portugal nem sobre o Império do Brasil, mas dispunha também de súditos fiéis, inúmeros deles com poderes capazes de suplantar forças aparentemente muito superiores. Mesmo assim, teria a audácia de levar a cabo aquilo em que dera para pensar, em que ultimamente não parava de pensar? Decerto que teria. Tal pergunta só ocorreria a quem não conhecia Antônia Vicência de Matos Pimentel Pacheco Vieira, mulher sabidamente com coragem de mamar em onça e tradição de valentia pelos quatro lados da família, desde o tempo da invasão holandesa. Mulherona reforçada, costas espadaúdas, de peitos arroba e meia, de cadeiras dois quintais, braço de jaqueira, voz de corneta, venta de chafariz, olho de bacurau, mão de leme de saveiro, não era qualquer um que tinha a coragem de fazer frente a ela, até mesmo para somente uma palavrinha. Não que não fosse delicada e feminina, mas tinha orgulho em saber defender-se e impor o que queria, até mesmo contra o melhor juízo de Juvenal, cuja opinião costumava acatar e cujo chamego com ela não podia esconder, mas agora estava disposta a contrariá-lo, se necessário.

No caso, contava Juvenal com sua boa parcela de razão, que não podia ser ignorada. Era evidente que o bom cristão, que não falta à missa, se confessa, comunga e cumpre suas devoções, observando os mandamentos da Santa Madre Igreja, nada tem a temer, mas algo de demoníaco talvez pudesse haver nos rituais dos negros e Satanás é tão atrevido que ousou tentar até Cristo. E, mesmo que não fossem demoníacas, as crenças e feitiçarias dos pretos não haviam de passar de superstições idólatras, tão rudes e bárbaras que não mereciam qualquer atitude que não a condenação e o desprezo, no máximo dó. Imaginar que fossem capazes de alterar o curso dos acontecimentos ou ter consequências sobre a vida de alguém era somente ingenuidade, era até pecado muito grave, de que cabia fugir como se foge do próprio Cão.

Claro que foi sabendo de tudo isso, mas também de que Deus é santo velho e tem mais de que se ocupar do que se amuar com as macaquices da negralhada e as troças que uma mulher de fé católica inatacável, sólida e respeitável como ela podia se dar ao luxo de fazer, que Iá Cencinha, depois de muitas cautelas, segredos e cochichos, conseguiu afinal encontrar-se com a mucama Júlia Mocinha. Só de troça mesmo, de puríssima troça, travessura da criança que ainda morava em seu coração, foi que providenciou o encontro, mas mesmo assim fez a negra jurar, sob as penas de ovo quente na boca e surra de palmatória nas solas dos pés, que dali não sairia um pio para ninguém e que qualquer boato que ouvisse sobre aquilo seria atribuído a ela. E, naturalmente, não permaneceu nem um instante sozinha durante o encontro, mas na presença de Juvenal, que, para surpresa sua, não se mostrou tranquilo, como ela pensava que seria o caso. Pelo contrário, fez questão até mesmo de uma longa conversa preliminar, a sós com ela, para tentar demovê-la do que considerava uma empreitada temerária. Acreditava naquelas paganices de preto ainda menos que a madrinha, estava acostumado a vê-las e a desprezá-las. Que serventia podia ter aquilo? Para uma alma verdadeiramente cristã, nenhuma. Havia, porém, perigos, segredos que os pretos guardavam a sete chaves e na língua deles, talvez até filtros e amavios desconhecidos contra os quais a boa religião advertia, de maneira que não era que acreditasse em nadinha daquilo, mas o cuidado nunca era pouco, não se podia confiar naqueles verdadeiros animais.

Mas como não confiar em Júlia Mocinha, que ela conhecia desde menina e sempre fora tida como negra séria, respeitadora, de pouca conversa e conhecedora de seu lugar? Mocinha era diferente, não era igual à maioria das outras negras, nesse ponto Iá Cencinha podia guiar-se por seu julgamento, que raramente falhava. E assim deu-se a reunião, por volta das três da tarde, na sala que o finado João Manuel usava como escritório e fumadouro e que depois de sua morte passava o tempo todo trancada. Demorou bem mais que o esperado, porque Iá Cencinha, muito nervosa, afogueada e se perdendo em ressalvas embaralhadas, teve tal dificuldade em dizer com clareza o que pretendia que Juvenal, com um suspiro fundo e ar de desprazer, se viu obrigado a falar por ela. E logo virou os olhos para o alto exasperado, quando, como ele previa, Mocinha começou a negacear. Ah, que perdoassem iaiá iaiazinha, ioiô ioiozinho, já a conheciam de velho, nascera e se criara ali com a graça de Deus, já lhes dera inúmeras mostras de lealdade acima de tudo, jamais fizera por merecer castigo mais sério que uns bolinhos nas palmas das mãos, todo mundo sabia quem era ela, desde o tempo de Ioiô João Manuel que toda a gente sabia quem era ela, Deus que a livrasse daquelas crendices, artes do Cão, tentações adoçadas no inferno, coisas de preto atrasado e sem batistério, nunca, nunquinha que ela ia saber dessas coisas, ignorava tudo daquelas bruxarias, fazia o sinal da cruz e mostrava o rosário que sempre carregava com ela, era batizada, consagrada e comungada, mais beata e devota do que ela não podia haver em lugar nenhum do mundo. Não, não, não, não, ela nem sabia os nomes dos santos lá deles, esconjurava todos, esconjurava tudo o que não fosse cristão, creindeuspá-todopoderoso, em nome do Padre, do Filho e do Espírito Santo.

Apesar de desapontada, Iá Cencinha parecia prestes a conformar-se com essa cantiga, mas Juvenal se impacientou e disse a Mocinha que parasse com aquela falsidade safada porque ele não era nenhum forasteiro na senzala da Ponta das Baleias e sabia perfeitamente com quem estava falando. Muito bem, que teimasse naquela mentiralhada sem-vergonha, mas dissesse logo quem, nesse caso, podia cuidar da questão que interessava à sua santa madrinha. Não, não, pensando bem, não queriam falar com ninguém, combinavam tudo através de Mocinha mesmo. E assim terminou por ser feito. Mocinha conversaria com Olegário Babá e ele aprontaria o que fosse necessário. Não que ela, católica apostólica romana, como continuava a reiterar a cada instante, acreditasse nessas coisas, mas Olegário era respeitado em toda parte e tido como conhecedor de todo aquele mundo em que ela havia por desdita nascido, mas ao qual renunciara, católica apostólica que era, devota de Nossa Senhora da Conceição, só aceitando aquela missão porque era desejo e ordem de Iá Cencinha e todos os santos eram testemunha de que, para ela, sempre fora Deus no céu e Iá Cencinha na terra.

Já tocavam as vésperas, quando terminaram de assentar tudo, embora Mocinha parecesse hesitar em sair, como que pregada à soleira, até que Juvenal lhe perguntou o que estava esperando e a resposta dela veio entre desculpas, novas profissões de fé e pausas nervosas. Pelo que sabia de ouvir dizer, já que ela mesma, católica apostólica romana, procurava se afastar desse povo ruim da feitiçaria, Olegário ia pedir dinheiro para fazer — batia na boca — a mandinga. Justiça fosse feita, o dinheiro não era para ele, mas para os sacrifícios de animais que ele certamente faria, para as comidas e outros tantos gastos com as exigências dos santos lá dele. Podiam dar o dinheiro a ela, que o repassaria assim que estivesse com Olegário, a quem procuraria logo. Se não confiassem nela, Juvenal podia encarregar-se dessa missão, ela até preferia. Mas Juvenal, secundado por Iá Cencinha, recusou-se de pronto. Perguntou a Mocinha em quanto ficava aquela mexerufada toda e, quando esta alegou que não sabia nada dessas coisas, pôs-lhe na mão o suficiente para comprar todos os bodes, cabras, carneiros, galinhas, patos e que bichos e miúnças mais houvesse na Ponta das Baleias. Se precisasse de alguma coisa, até mesmo mais dinheiro, falasse com ele, se bem que Olegário devesse procurar gastar o menos possível, dinheiro não nasce feito mato.

Sim, dinheiro não nasce feito mato, mas até parecia, na hora em que Júlia Mocinha, quase sem poder falar de tanto rir, mostrou a Olegário o que lhe dera Iô Juvenal. Ah, ela tinha tanto para contar que não sabia por onde principiar. Não é que ela quase estoura na risada bem na cara dos dois, com Iô Juvenal muito do patifão, lá perfilado e com cara de inocente, como se não vivesse no meio das negras mais espevitadas o tempo todo e como se não fosse até ogã do Ilê Axê Ogodô, na Roça do Bicudo, terreiro que os negros da senzala frequentavam com o conhecimento, consentimento e, de quando em vez, companhia dele? Era de se ver a cara de santa puta arrependida que ele exibia, tão pura que dava vontade de empoleirar num altar. E Iá Cencinha, doida para saber de tudo, mas sem querer dar ousadia de perguntar nada? Velha sonsa trapaceira, ela mais o santinho do afilhado dela estavam era de olho na chelpa do velho Nuno Miguel, queriam estorvar o casamento dele em Portugal, queriam atrapalhar de qualquer jeito. Olegário se preocupou — ela não tinha prometido nada, tinha? Não, só tinha dito que era possível ele fazer algum trabalho. Melhor assim, não vamos esquecer isso, disse ele, aliviado. Se qualquer coisa se passasse fora da conveniência, era bom sempre lembrar que nada havia sido prometido.

Agora sério e fazendo sinal para que ela também deixasse de rir, mandou que chamasse Juvenal para conversarem preventivamente, assim que amanhecesse o dia. Queria a ajuda dele para, caso não viesse a acontecer o que ele e Iá Cencinha desejavam, alegar que era decorrência de se fazer um trabalho daquele peso para resultar em Portugal, e não de falha dele. Aqui no Brasil, certo, certíssimo, não haveria escapatória, mas, em terra distante e estrangeira, não se podia afiançar. Emboramente, disse Olegário, eu também vá me preparar para, se alguma coisa suceder que satisfaça Iá Cencinha, mostrar que foi feitoria minha, eu cuido disso, estou acostumado. E, voltando a rir sem parar, passaram um tempão fantasiando sobre como iam gastar o dinheiro e inventando nomes para os trabalhos que iam prometer a Iá Cencinha. Tu explica que vai fazer o epá-oxô-olô do paê-zumbá, disse Mocinha, e Olegário quase se urina nas calças de tanto rir. Pode deixar, disse ele, e também faço o apotô em cima do odalufô, pode deixar.

8

Junho terminou de passar, passou julho, passou agosto e setembro veio, para cruciante prostração de Iá Cencinha, que desde o primeiro do mês não queria mais ver a folhinha. Não havia notícias novas nem esperança de que tão cedo houvesse, e ela, pegada com seu rosário de madrepérola, passou todo o dia oito, dia de Nossa Senhora dos Remédios na terra de Nuno Miguel, rezando na capela. Como lá faziam festas para a santa durante semanas, o casamento já devia ter sido celebrado ou, no máximo, estaria sendo celebrado enquanto ela desfiava suas contas bentas. Se se tratava da vontade do Senhor, que fosse feita acima de tudo, ela sabia resignar-se. Mas, como cristã devota e extremada, ainda esperava um milagre e se entregara a seus santos padroeiros, para que pelo menos mitigassem desconsolo tão apunhalante.

Nada a fazer, senão confiar nos santos e na fé católica. Foi o que disse a Júlia Mocinha e a Olegário, com uma aparência tão transtornada que os assustou, depois de mandar chamá-los por Juvenal, já noite fechada. A sala estava repleta de imagens, não somente nos nichos mas onde houvesse uma superfície em cima da qual pudesse caber alguma, todas rodeadas de flores, lamparinas e velas, um cheiro forte de benjoim queimado tomando enfumaçadamente o ar. Iá Cencinha abriu os braços, mostrando tudo em torno, como um mestre-sala abrindo um espetáculo. Deus sabia que ela era uma serva fiel e cumpridora de seus deveres. Pecadora como qualquer filha de Eva, desconhecia contudo dama mais assídua na igreja, coração mais inundado de amor a Deus Onipotente, à Imaculada Virgem Santíssima, ao glorioso Santo Antônio e a todos os santos, afinal. Sua vida era um livro aberto de caridade, fé intransigente e submissa aos ensinamentos da Santa Madre Igreja Católica Apostólica Romana. E de propósito os recebia rodeada de santos, para deixar bem esclarecido que, mais do que não temer o testemunho dos santos a suas ações, na verdade desejava o testemunho deles, achava-o mesmo indispensável, para não mencionar que, como uma muralha bendita, a protegiam de qualquer mal que proviesse de seu convívio com os feitiços dos negros.

Repetia e não se cansaria de repetir que desprezava as abusões e crendices dos negros, muito menos quando desembocavam em feitiçaria e numa perigosa proximidade com — se benzessem todos enquanto ela dizia isso, se benzessem três vezes! — o Maldito. Mas, em primeiro lugar, o amor de mãe tudo vence, tudo lava e purifica, já diz qualquer livro de horas, já diziam os padres, em seus sermões sobre a Santíssima Mãe Imaculada. Em segundo lugar, mesmo fruto da ignorância de pagãos selvagens, as práticas dos negros e o que eles chamavam de trabalhos, quando empregados em favor de uma causa justa como no caso, mereciam apoio e amparo, pois afinal que continuassem a debater os ilustrados e a gracejar os zombeteiros, os negros eram, no ver dela, também filhos de Deus e os de sua senzala eram todos batizados e comungados. De certa maneira, os trabalhos deles seriam como que purificados por essa combinação de interesses, todos para o Bem. O que de mau trouxessem as negrices, os santos transformariam em bom. E assim, à luz desse esclarecimento que ela recebera como recompensa por suas orações, chamara-os para dizer-lhes que reforçassem o trabalho anterior, fizessem novas oferendas e sacrifícios, seguissem lá suas práticas e procurassem ajudar a quem, como ela, deviam bondade e tolerância.

Um pouco espantado com aquilo tudo, mas reconhecendo o grande empenho de sua madrinha para que ele não fosse prejudicado com o casamento de Nuno Miguel, Juvenal deu a Mocinha e Olegário ainda mais dinheiro do que da primeira vez e assegurou a sua madrinha que dessa feita, com a força extraordinária dos santos por trás deles, os trabalhos dos negros lograriam bom sucesso em Portugal. E, enquanto ela reafirmava sua disposição de lutar com todas as armas pela causa que mais a movera em toda a vida, Juvenal saiu com os dois negros, para ter com eles uma conversa, só que bem diferente da que ela imaginava. Mocinha e Olegário estavam percebendo em que se meteram? Ele sabia que estavam levando aquilo tudo na caçoada, mas o que tinham visto pouco antes não os deixara sobressaltados o bastante? Não era melhor que devolvessem o dinheiro — ele ajudaria, porque sabia que já tinham gasto tudo ou quase tudo —, sob a alegação de que seus poderes não alcançavam o além-mar? Não, não, a essa altura devolver o dinheiro poderia ter um efeito tremendo em Iá Cencinha, não, não, ela precisava manter todos os fios de esperança, mesmo os mais tresvariados. Agora que estava tão alterada, como jamais a vira antes, podia fazer qualquer coisa, inclusive uma loucura. Bem, de qualquer forma, o mais aconselhável era que se preparassem para o pior. E, se o pior acontecesse, juízo teriam se não contassem muito com ele, que não faria nada para desmerecer-se ante a madrinha.

Sim, era questão muito séria, que devia ser encaminhada imediatamente, mas o tempo transcorre de forma enganadora e, numa clara manhãzinha de sol, Juvenal apareceu afobado na cata do dendê, onde Mocinha estava trabalhando, e disse a ela que procurasse Olegário, que os dois entrouxassem seus panos de bunda ligeirinho, ligeirinho e que, se haviam tencionado fugir para bem longe, procurassem fugir para mais longe ainda, porque tinha chegado carta de Nuno Miguel e o efeito em Iá Cencinha havia sido quase fatal. Mas, como era mais de se prever, quando ela ficasse boa do golpe recebido, não se sabia o que poderia fazer. Ia querer botar a culpa em alguém e esse alguém não era ela, nem os santos, nem tampouco ele. Alguém ia ter de pagar, para ela não ficar assim tão entalada com o fundo desgosto que sofrera. E quem era que eles achavam que ia pagar? Justamente, justamente, melhor madrugar no dia seguinte a mil léguas dali, pois, como por certo já tinham adivinhado antes mesmo de ele abrir a boca, os culpados eram eles dois. Iá Cencinha nunca ia engolir aquela carta sem fazer nada, disso ele tinha certeza.

No mesmo estilo quase comercial de todas as suas cartas, Nuno Miguel fazia saber que sua mulher já estava grávida de três meses e a passar muito bem. Com isso, ele próprio remoçara, sentia-se anos mais jovem e ansioso por um herdeiro português. Tonta e semidesfalecida com a notícia, Iá Cencinha teve que tomar um chá de maracujá bem forte, para, depois de muita resistência da parte de um preocupadíssimo Juvenal, fazer com que ele lhe lesse tudo novamente, lesse e relesse o que os olhos dele viam e os ouvidos dela não queriam escutar. Sim, sim, era verdade. A portuguesa que usurpara Nuno Miguel estava mesmo esperando um filho e, pior ainda, a carta não se preocupava em esconder a acentuada preferência dele por um filho nascido em Portugal. Não dizia isso com todas as letras, mas deixava bem clara sua felicidade em vir a ter um filho português autêntico, lá feito, lá parido e lá criado, sem brasileirice alguma a tisnar-lhe a formação. Era evidente que o meio-irmão de Juvenal viria a preteri-lo em tudo, até mesmo em sua parte legítima da herança, pois, como, aliás, alertava o Varelinha, o velho Nuno Miguel podia dispor de seus bens ainda em vida e não se esperasse da justiça portuguesa boa vontade para com as leis e pleitos brasileiros.

Depois de dois dias de tontura e quase estupor, quando só se interrompia para dedilhar o rosário que revezava a cada volta com os outros de seu acervo, agarrar-se com o crucifixo de alabastro florentino, persignar-se obsessivamente e revirar os olhos para o alto, entre gemidos fundos que lhe alçavam ao queixo a peitama colossal, Iá Cencinha pulou da cama às quatro da manhã de um belo sábado e chamou as negras, gritando pela janela para que lhe aviassem um banho, e na água desse banho que misturassem as folhas todas em que ela se aprazia, botassem patchuli, pitanga, capim-limão, alecrim bem perfumoso, ervas e matos aromados, alfazemas e demais lavandas, o que achassem de mais cheiroso, queria um banho de glória, um banho que a reavivasse em todo o esplendor de rainha, que a abandonara por uns dias de abatimento. E, depois desse banho, queria ser penteada esmeradamente por Felipa e Fortunata, queria ser vestida por Sabina e — por que não? — desceria com seu reluzente diadema à testa. Assim se sentia, assim lhe apetecia mostrar-se, como a verdadeira rainha que era.

E era também como rainha que queria agir. O sol mal tinha esgueirado um trisco de raio por cima da vazante e ela já perguntava pela segunda vez onde estava Juvenal, que mandara chamar fazia tanto tempo! Que indolência, que preguiça inabalável! Não chegou a ralhar com o afilhado, quando ele, estremunhado e ajeitando a roupa, entrou na sala onde ela o esperava entronizada. Não, não era dia de ralhar, era dia de exortar, de ir a combate. Raposa de luvas não chega às uvas, como ela disse a Juvenal, assim que ele tirou o chapéu e caminhou na direção dela em passos muito curtos, semicurvado e de sobrolho franzido como o de um cachorro de cara amassada, feição que assumia sempre que achava que alguma coisa desagradara a madrinha. Ele não entendeu, mas ela não repetiu o que falara, tinha mais o que fazer e mandar fazer. Admirava-se agora de os nervos frios e resolutos de Antônia Vicência de Matos Pimentel Pacheco Vieira haverem fraquejado, e fraquejado por tanto tempo, quase três dias. Mas, graças a seu grande padroeiro, Santo Antônio de Lisboa, graças ao altivo sangue senhoril que lhe pulsava nas veias, sua força e seu brio estavam de volta, de novo sentiriam o peso de sua mão, que, se na paz era aberta e generosa, na guerra era implacável e justiceira.

9

Começava pelas preocupações mais miudinhas e mais à mão, para a cabeça não permanecer emaranhada em bobagens que viessem a prejudicar ações posteriores. Que era feito de Olegário, aquele negro tratante, pandilheiro deslavado, com suas artes de sagui e sua fala tatibitate, que não se enxergava e julgava poder fazê-la cair num ludíbrio tão baixo? Esse, mais que todos, por sua ousadia e desplante, veria com os próprios olhos e sentiria na própria carne que ela não era — engano dos enganos! — a moleirona parva por que certamente a tomavam, pois esse povo rude enxergava como falta de firmeza a amabilidade e a boa educação de grandes damas como ela. Tivera na conta de bisca menos ruim a trapaceira da negra Júlia Mocinha, mas agora estava se vendo que eram da mesma laia pérfida. Pois teriam uma surpresa, uma grande surpresa, aprenderiam uma lição que jamais esqueceriam. De casa de gato não sai farto o rato. Logo veriam, sem mais tardar, por que a senhora dona Antônia Vicência ocupava a posição que ocupava.

Menos nervoso, mas ainda apertando as abas do chapéu junto ao peito e com a mesma cara franzida, Juvenal lembrou que, desde o início, se manifestara contra a decisão de encomendar um trabalho aos negros, o que só tinha aceito para satisfazer, como era dever e prazer desde sempre, a vontade de sua madrinha, sua verdadeira mãe, a mãe que Deus lhe dera quando a natural faltara, santa mãe, presente do Céu — e ele se benzeu e pareceu querer ajoelhar-se, mas, como previa, foi detido por ela, que, como ele também previa, já começava a chorar. Querido filho varão, joia de rapaz, filho amoroso e devotado como os que mais fossem, presente do Céu, sim, mas presente para ela, ai como eram abençoados. Tinham penado aquele duro revés, mas sabe-se lá da vontade de Deus, O que escreve certo por linhas tortas? O mundo dá muitas voltas, nada como um dia depois do outro. Quantas coisas desejamos na vida que, se as tivéssemos obtido, poderiam ser nossa ruína? E o acontecido, por mais indesejado, mostrava cabalmente a mentira por trás das histórias sobre como as feitiçarias dos negros tinham conseguido isso ou aquilo, ou vencido tais ou quais obstáculos. Bruxaria selvagem e pagã não tinha poder algum e a infinita misericórdia divina lhes tinha feito ver isso daquela forma, que não havia agora como não perceber. E, salvos daquela esparrela diabólica, tornava-se forçoso punir os dois negros que os levaram tão perto de pecados tão graves. Instrumentos voluntários dos demônios e das Trevas, quase chegaram à vitória, por pouco não arrastando um par de inocentes para o fundo das profundas. Sim, aqueles dois negros tinham sido chamados por iniciativa dela, mas era dever de ambos, como cristãos batizados, recusar e dizer a verdade a quem buscava sua ajuda em boa-fé. Como não fizeram isso, estava mais que provada sua condição de embaixadores do Mal, que não deixaram passar a oportunidade de atrair seus senhores para o pecado e a heresia. E, mais ainda, receberam bom dinheiro por algo que sabiam que não iam fazer ou que não adiantaria nada. E, enfim, fosse lá como fosse, o casal de biltres merecia de sobra uma punição severa, até para que se fizesse a justiça divina. Iá Cencinha lembrou que se, na senzala da Ponta das Baleias, não contavam com um feitor de pulso férreo, em parte por causa de seu coração mole, que só deixava castigarem um negro quando não havia mais jeito, o mesmo não podia ser dito da fazendinha da Ilha dos Porcos, onde eram soberanos e bem conservados os troncos, os ferros e as chibatas do feitor Urbino, mulato claro que dizia ter perdido o dia quando ia dormir sem ter descido a lenha num negro ou dois, nem que fosse somente com as mãos. Pronto, despacharia Olegário e Mocinha para receberem um corretivo de Urbino, isso era fácil de providenciar. Mas primeiro queria passar-lhes um sermão, dizer-lhes algumas verdades que eles precisavam ouvir e ela mostrar. Era também um dever cristão procurar inculcar-lhes nas cabeças broncas e ignorantes, sempre que possível, pelo menos os ensinamentos católicos mais rudimentares, tarefa para uma vida inteira, ou para gerações.

Sugeriu que Juvenal mandasse um negrote qualquer buscar os dois, mas ele opinou que era melhor ir pessoalmente. As notícias, já com certeza bem alteradas pelas comadrices que ali eram a única ocupação de muita gente, deviam estar correndo soltas. Não somente era quase certo que os dois negros já soubessem, como, mesmo que não soubessem de nada, não havia ninguém de confiança para levar apenas o recado de que comparecessem prontamente à casa-grande, era impossível que não contassem a eles alguma do que se passara, senão praticamente tudo. Não, ele mesmo iria. Não soubessem eles de nada, nada ele diria, apenas que Iá Cencinha os chamava à sua presença. Se já soubessem de algo, impediria que fugissem. E, para ser sincero, agora era tarde, mas a verdade é que não fora suficientemente atilado, talvez por causa da inquietação em que sempre ficava ao ver a madrinha doente ou aflita, não conseguia pensar direito de tanta preocupação. Temia que os dois espertalhões tivessem sumido assim que souberam das novas que tanto haviam perturbado Iá Cencinha. Como pudera ser tão parvo, às vezes tinha vontade de surrar a si mesmo, de tão estúpido que por vezes se mostrava. Mas a madrinha o consolou. Também não era assim, não se martirizasse, um homem que nunca falhava em seu dever, como ele, tinha direito a uma distração casual, ainda mais naquela situação em que Deus os punha à prova, como fazia e sempre fez com seus preferidos — e eles passariam pela prova, por mais esforçada e amarga que fosse. Além disso, havia coisas urgentes a tratar. Tinham perdido uma batalha, mas a guerra, no que dependesse dela, estava longe de terminar e só terminaria com sua vitória, pois poderes não tinham os negros e, sim, ela, poderes alicerçados na fé de raízes milenares, no procedimento sempre acima de qualquer reparo, nas esmolas e boas obras, nos santos protetores e nas procissões, missas, trezenas, novenas e orações. Que Juvenal fosse buscar os negros, mas desde logo se preparasse para não encontrá-los. Não se apoquentasse com isso, voltasse para conversar calmamente com ela, pois já começara a debuxar algumas medidas a considerar e ia convocar o Varelinha para consultá-lo sobre certas, vamos dizer, artimanhas que havia matutado e que precisavam ser examinadas e aperfeiçoadas. Pronto, se aviasse Juvenal, fosse logo ver os pretos só por desencargo e logo voltasse, com eles ou sem eles.

Juvenal, que chegara até a ajudar Mocinha e Olegário a escapar para a Bahia na madrugada anterior, e imaginava sem emoção que talvez nunca mais os visse, saiu pelos fundos e fez todo o caminho até a senzala, mas não precisou fingir que procurava algum dos dois. Todos sabiam do que havia acontecido e ninguém falaria, ninguém falava nesses casos. Sabiam também que Juvenal se safaria com alguma mentira mais ou menos arrumada, visto como nem bem arrumada precisava ser, tamanha a queda que por ele tinha Iá Cencinha. E, enfim, toda a gente sabia que toda a gente sabia do que toda a gente sabia, só não sabia ainda que, pela frente da casa, quase como uma fanfarra anunciadora entremeada por gritos de crianças ou mulheres, vozearia e fragor de patas e bufos de cavalo, irromperiam novidades tremendas, pois só pode trazer novidades tremendas ou proclamações terremoteiras quem assim chega inopinadamente, qual o capitão intendente mercante Gil Venâncio Bulhosa Simões de Seixas, de jaquetão até o queixo como se fizesse frio mais que em festa de Reis em Freamunde, chapéu armado, luvas de couro, botas até o joelho e feições tão duras que quem estava rindo e as via logo apagava o riso. Quando Juvenal chegou correndo ao alpendre da frente, já ele e seu acompanhante, um moço da terra, pescador em Bom Despacho, tinham apeado e agora espanavam as roupas empoeiradas.

— Estou a falar com o senhor morgado Juvenal Peixoto do Amaral Viana Botelho Gomes? — perguntou o capitão, autoritário mas perfilado como se diante de um superior.

— Sim — disse Juvenal, e daí em diante variavam os relatos quanto aos inúmeros aspectos que cada um observara melhor, mas eram todos unânimes em que, assim que se viu na arfante presença de Iá Cencinha, o capitão pediu que se retirassem todos os presentes, restando somente ele, ela e Juvenal. Tinha a honra e a subida distinção de ser grande amigo pessoal do senhor comendador Nuno Miguel Botelho Gomes e, nessa condição, lhe coubera a especial quão espinhosíssima missão de trazer de viva voz o que o amigo não pudera contar do próprio punho. Tão cedo não poderia, por estar preso ao leito e com ambos os braços e uma das pernas entalados. Sim, rigorosamente uma semana depois de ter postado a carta em que contava de sua felicidade em ser pai outra vez, a carruagem em que ele e sua esposa viajavam até Viseu achou-se de súbito colhida por uma tempestade e, entre raios, trovões, lama e cavalos contorcidos, rolou por uma ribanceira abaixo.

Nuno Miguel malferiu-se por todo o corpo e se partiram ossos dos braços e da perna direita. No primeiro momento, chegou-se a temer por sua vida, mas quem veio a perecer dois dias depois foi dona Teresa Pedro Martins de Carvalho Burras Melo e Fontes Botelho Gomes, já devotada esposa do comendador, a levar no ventre o não nascido herdeiro português.

Todo um futuro antecipado e traçado se esboroara em poucos instantes, o que, para muitos espíritos, mesmo os mais combativos, seria a perdição. Mas não para o espírito de Nuno Miguel, que, tão logo desperto e recuperado das tonturas que o acometeram um par de dias, portou-se como se esperava da figura exemplar que sempre fora. Entre dores que volta e meia lhe causavam desmaios, comandou bravamente todas as providências que se impunham naquela hora. De levar a cabo uma delas, quiçá a que mais obrigatoriamente se impunha, incumbira o Capitão Gil Venâncio. Não havia mais tempo a perder, deixassem todos de lágrimas inúteis e encarassem a realidade. E a realidade era que ele, que já não estava na flor dos anos, se enfraquecera bastante depois daquele tristíssimo acidente e sua completa recuperação era impossível, para não falar que podia expirar a qualquer momento. Dispensando delongas ociosas e na expectativa de que aceitassem sem dificuldades ou discussões o que comunicava estar por ele assentado, esperava que, no mais curto tempo possível, seu herdeiro, Juvenal Peixoto do Amaral Viana Botelho Gomes, se apresentasse a ele em Portugal, não só para o que certamente seria o último encontro dos dois, como para efetivar as providências jurídicas e cartoriais que se impunham no momento. Se já tinha tomado mulher em casamento, que comparecesse na companhia dela. Se, porém, continuava solteiro, viesse preparado para unir-se a uma rapariga portuguesa de boa estirpe, que escolheriam em comum acordo, mas seguindo seus critérios.

E pouco mais soube ou pôde contar o capitão. Fundeara em Bom Despacho, num veleiro bondosamente emprestado por aparceirados brasileiros na Bahia, de lá viera em andadura firme, somente para cumprir sua missão de amigo, e para lá regressaria imediatamente, pois zarpava da Bahia para a África com a maré, na madrugada seguinte. E, além da pressa, atrapalhou-o ainda o estado em que todos terminaram por ficar, depois de difundida a reação de Iá Cencinha às notícias recebidas. O senhor capitão, excelente e valoroso amigo, não tinha culpa de haver sido correio de enlutamento e dor, pois apenas cumprira admiravelmente seu dever, pelo que lhe declaravam todos ali perene gratidão. Mas, oh Deus dos infelizes, agora ela não resistiria ao que a fortuna perversa e ingrata lhe arrojava brutalmente ao colo! Doente e aleijado seu compadre fiel e, por assim dizer, sem contar Juvenal, o último grande parente que ela tinha! Golpe como esse era difícil de suportar, perda como essa jamais seria compensada, pois também se fora o anjinho que esperava a luz no ventre da malfadada mãe, que não conhecera, mas tinha também como parenta. Entraria em luto fechado, encomendaria missas diárias, tanto pelas almas dos finados quanto em ação de graças pela vida poupada, saberia honrar a memória dos que se foram e as instruções, melhor dizendo ordens, do comendador Nuno Miguel. Sua fé e seus santos haveriam de dar-lhe forças para resignar-se à vontade divina, pois jamais lhe tinham negado apoio e reconforto, por pior a adversidade enfrentada. E entre gemidos e suspiros dela e o atordoamento balbuciante de Juvenal, despediu-se o senhor capitão, fazendo a eles seus mais sinceros votos de ventura e relembrando que Nuno Miguel insistira em mandar as bênçãos dos Céus para seu filho e sua santa comadre.

Santa comadre essa que, alegando dor de cabeça, desfalecimento e necessidade de resolver muitos particulares com o afilhado repentinamente soterrado em gravíssima responsabilidade, por sobre as incontáveis que já carregava, providenciou ficar a sós com ele e, mal tinham passado o ferrolho na porta, encostou-se na parede, com as mãos a custo escondendo os risos, gritinhos e comentários que queria soltar, mas se atropelavam, de tanto que havia a observar, anotar, avaliar, sopesar... Ordem, ordem, que nessa confusão acabariam por perder o rumo e o prumo. Finalmente tomando fôlego e cambaleando até o caldeirão para segurar-se, ela conseguiu falar. Mal sabiam Nuno Miguel e seu fiel capitão em que medida copiosa as bênçãos divinas de fato se derramavam sobre ela e Juvenal. Até a pressa do capitão tinha sido providencial, porque, se se hospedasse com eles, mesmo que por apenas um dia, perceberia a situação entre Juvenal e Albina e Catarina, as duas filhas dela e mães de filhos com Juvenal — o que poria irremediavelmente a pique tudo o que ainda pretendia na vida. Agora ele jamais saberia e quem sabia terminaria por esquecer, ou ela não se chamava Antônia Vicência, Iá Cencinha, que de inha nada tinha. Tudo dependia exclusivamente deles e de mais ninguém. Bem que sempre havia ela dito que poderes não tinham os negros, mas, sim, ela, todos os santos, Nossa Senhora e Jesus Cristo. Juvenal logo se arrependeu do que dizia, mas já não lhe sendo possível deter-se, perguntou se, nesse caso, as mortes do filho e da mulher de Nuno Miguel tinham sido graças concedidas pelos santos. Iá Cencinha deteve sua cabeça alegremente volteante apenas um momento breve, arrefecendo o sorriso somente um pouco. Pois claro que não, e muito bom conselho dera o diabo aos negros, quando mandou que fugissem, como Juvenal já lhe contara, porque mereciam duro castigo e tal castigo receberiam no dia em que se soubesse de seu paradeiro. Aquelas mortes não deviam ficar sem punição e eles as causaram, com suas artes amaldiçoadas. Atentasse bem Juvenal para a verdade cristã sem a qual nada do sucedido se perceberia direito, pois gente sem trato religioso mistura alhos com bugalhos. O mal que houvera, de feitiços viera. O bem que desse mal se aproveitara, da santa graça emanara. Agora era tratar do que precisava ser resolvido, e o que mais precisava ser resolvido naquele instante era o casamento de Juvenal.

Até a visita do Capitão Gil Venâncio com suas ricas notícias, estava Juvenal farto de saber, por palavras e obras, que Iá Cencinha vivia muito satisfeita com o arranjo que com tanta naturalidade se armara entre ele e suas duas filhas. Queriam tantas famílias comuns ser tão felizes quanto suas duas filhas e seus netos por parte de ambas. Era bonito, sim, muito bonito — e quem não concordava era por fingimento — ter netos de duas filhas com um homem só, e que homem de orgulhar qualquer mulher! Que família mais sólida podia existir? Via tão bem agora como tinha sido mais que acertado não haver nunca dado ciência desse arranjo a Nuno Miguel, pois, se o fizera, Juvenal não escaparia do destino de casar com uma portuguesa escolhida por sabia-se lá que caprichos e preferências do pai, e Catarina e Albina se veriam reduzidas a concubinas manteúdas e não mais irmãs-esposas, como não há na Igreja, mas devia haver. Agora, com o casamento, apenas uma das duas ficaria na condição de concubina. Menos mal, até porque o nome da família era o mesmo e a escolha era apenas para constar, apenas para vencer um obstáculo que não fora criado por eles e defender os interesses e o patrimônio da família, o que valia qualquer sacrifício, só que nesse caso sacrifício nenhum era necessário, mudança prática nenhuma. As irmãs permaneceriam tão irmãs, amigas e unidas como sempre foram. E, por acaso, aquela que ela sabia que ia ser a escolhida era também a de natureza mais alegre, comunicativa e amorosa. O tratamento ia continuar o mesmo, o passadio o mesmo e não ia, enfim, mudar nada, só que uma das irmãs teria o título de legítima e a outra não. Ganhava uma e a outra não perdia nada, muito melhor do que perderem as duas. E o ganho, como já tinha dito e repetia, nem ia existir na prática, nem adiantava mais gastar tempo com aquela minudência, era só dizer às meninas, que elas compreenderiam logo, sem nem pensar em discutir, pois nem Albina, apesar de às vezes meio esquisitona e respondona, era mulher de resistir a suas decisões.

A data não era empecilho, pois que padre Abelardo não ia se fazer de besta de lhe negar quantas certidões de casamento ela quisesse, com quantas datas quisesse, isso de papéis nunca seria dificuldade para eles. Escolheriam uma data que se encaixasse adequadamente na do nascimento de Tertuliano, se bem que a mãe dele não devesse ser a escolhida, mas dava-se um jeito, para tudo neste mundo tem um jeito, só a morte não tem jeito nem reparo. Vinha em seguida a escolha da mulher, em que Juvenal talvez nem tivesse pensado ainda, mas não se vexasse, ela pensara. Trataria de ouvir e levar em conta a opinião dele, mas não tinha a menor dúvida de que, assim que a escutasse, ele concordaria de pronto, era um menino sensato desde o berço e puxara muito ao pai, quando se tratava de ver as coisas como elas são, sem as dúvidas que só ocorrem aos fracos. É, vamos logo resolver a questão de com quem tu casaste, disse ela, dando um riso de mofa grosseiro, como raramente se ouvia dela.

Tertuliano não sabia se era esse riso, de que nunca se esquecia, o que lhe causava a impressão de haver presenciado acontecimentos e conversas como os que acabara de recordar tão intensamente que parecia revivê-los. Não podia revivê-los, não tinha estado presente, só sabia deles de tanto os ouvir contar, de tantas formas e por tanta gente. Ou, na infância de uma pessoa, depois que ela envelhece, muito do que se viu se combina com o que não se viu e, para todos os efeitos, são o mesmo? A memória fervia como água na chaleira, tudo se misturava, tudo nevoeiro e sol ao mesmo tempo, ambos cegantes a seu modo, um por toldar, outro por ofuscar. Seria porque, nessa recordação ou em sua narração, estava cada vez mais próximo o instante mais horrível, o instante que por vezes ainda quase o aniquilava, mas que, quando vinha, não podia ser sopitado? Desde esse dia, Tertuliano de quando em quando entesava o corpo, fechava os olhos e, sem que ninguém soubesse, enfrentava o vagalhão achando que dessa vez o juízo sucumbiria. Vamos logo resolver com quem tu te casaste, disse a voz de Iá Cencinha novamente, e Tertuliano fechou os olhos com força.

10

Toda vez que Tertuliano revia na mente a passagem na qual o casamento de seu pai foi acertado, tinha a impressão de que ela não permanecera idêntica à recordada antes, de que algum pormenor mudara, ou até algo importante, embora ele nunca descobrisse o quê. Assim como em relação a muitas daquelas aparições pouco bem-vindas, que nunca sabia se eram lembranças do que lhe contaram ou do que vira em criança, ele tampouco estivera presente nessa ocasião, ninguém estivera presente, a não ser os dois, Juvenal e Iá Cencinha. Mas a cena se desenrolava diante dele com mais vividez que as outras, em cores sempre fortes e bem delineadas, sons e falas como se produzidos em torno. Não vinha durante o sono e, portanto, não era pesadelo, claro que não era pesadelo e, contudo, ele não podia asseverar que, naquele dia, de fato Iá Cencinha, depois de rir abrutalhadamente outra vez, empurrou Juvenal com força, fazendo-o cair numa rede trançada e, depois de sentar-se em sua cadeira, pediu que ele providenciasse um moscatel.

— Mas não o da despensa — acrescentou ela, ajeitando o cabelo com as duas mãos. — Com esse, sei bem o que lhe fazem as negras. Mas que digo eu, onde estou com a cabeça? Bem que o povo repete que louco é o que entre loucos mostra siso e, portanto, deve ser natural que eu ande também meio fraca da cabeça. Levanta-te, que és forte e moço e tua madrinha aqui já está quase manca e, se ainda caminha, é somente pela graça do Sagrado Coração de Jesus. Que tens, por que essa cara de susto? Sim, é bem verdade que não tenho o costume de beber, mas já me viste beber diversas vezes, as grandes senhoras também bebem, ou não sabias? Pois então deixa-te de micagens, levanta-te, abre a cristaleira, pega lá dois cálices dos maiorezinhos e a licoreira redonda, essa aí. Não é moscatel, é melhor, é vinho de Carcavelos, para mim o melhor de todos. E o que eu botei nessa licoreira é da ponta da orelha, já gostava dele antes de nasceres. Anda lá, hoje é o dia da tua festa, ainda não percebeste? Isso mesmo, já percebeste, é o dia em que teu destino se sela, teu destino de homem rico, bem-posto e bem-casado, com o mundo aberto à frente. E isso merece ser brindado com bom vinho.

No entusiasmo da pândega em que os dois terminaram por entrar, Iá Cencinha, de início lacrimejando e com a ponta do nariz avermelhada, mas logo animada, alegre e faladora, fez ruidosa questão de tornar bem clara e irrefutável sua opinião sobre a esposa a ser escolhida por Juvenal. Como tinha dito antes, não acreditava absolutamente que a escolha dele viesse a ser diferente da sua. Não havia, na verdade, escolha. Uma de suas filhas possuía o perfil completo para a missão que teria de desempenhar com lealdade, coragem, determinação e completa abnegação. A outra, não, muito pelo contrário. Mas, de qualquer forma, que ele visse bem: ela não queria ser a responsável final pela decisão, pois esta cabia exclusivamente a ele, que, apesar de estar tudo muito claro, assim mesmo devia pensar um pouco, Deus a livrasse de mais tarde vir a ser tida como culpada do infortúnio alheio, ainda por cima infortúnio dele, que a mataria de desgosto e remorso. Noivar sem pensar é namorar com o azar e então ele que pensasse, não custava nada além de dois minutos para resolver e dois dias para constar.

E que havia bem pouco para pensar ninguém ia discutir. Catarina era robusta, bem disposta e obediente, tinha os dentes quase inteiros, mal sabia ler e assinar o nome, não se metia em conversas a não ser quando chamada, era alemoada e de pele muito branca. Já Albina era magra, de cabelos bem pretos e escorridos, tinha os dentes meio tortos e, muito pior, além de malcriada, metera-se a ler livros e a dar palpites que não ficavam bem na boca de uma senhora, que devia mais era ocupar-se de seu lar e suas prendas, o que, justiça fosse feita, ela não deixava de fazer, mas sem a dedicação e alegria de uma verdadeira esposa e servidora. De burra que faz hin e mulher que sabe latim, livra-te tu e a mim. Não tinham sido poucas as vezes em que Albina — e disso sabia muito bem Juvenal — tinha procurado dar opinião até mesmo nos negócios da família, mulher mais presumida não podia haver. Dito de criança e repente de mulher, aproveite quem quiser — verdade ontem, verdade hoje, verdade amanhã.

— Pronto, o conselho dado cedo é o que salva o vinhedo, e o meu chegou bem cedo mesmo — arrematou ela, mirando carinhosamente o afilhado. — Pensa lá o quanto quiseres, mas acredito pela minha felicidade que não tens melhor alvitre do que este. As duas são minhas filhas e sabes como é o coração de mãe, não tem preferências entre os filhos, todos são iguais e todos merecem o mesmo carinho. Mas isso não impede que eu me dê melhor com Catarina, que é uma criatura de gênio muito mais fácil do que Albina. E não é ingrata como Albina, que recebe com quatro pedras na mão a quem quer lhe ensinar os bons caminhos ou reparar seus maus modos. Eu nunca que ia dizer isso que vou dizer a nenhuma outra pessoa, só posso dizer a ti, morre aqui entre nós, mas a verdade é que, se não fosse por ti, homem de todas as letras e fogoso como está se vendo que é, homem disposto até a se sacrificar para cumprir o papel do homem, que é prestar serviço à mulher que se oferece ou que, mesmo sem ter consciência, se encontra necessitada, Albina não ia achar nem marido nem amigo, ia ficar solteirona, num barricão sem fundo, tampada e selada — é minha filha, mas tenho de reconhecer.

A voz falhou um pouco, quando estas últimas palavras foram ditas, e ela, desviando os olhos para os lados inesperadamente, pareceu ter dificuldade em continuar. Mas em breve tornou a insistir que devotava amor igual às duas, tanto assim que queria o melhor para cada uma delas, e o melhor para uma não o era para outra. Tinha se expressado daquela maneira um tanto vulgar porque estava na intimidade com seu menino, o querido afilhado, que vira nascer e crescer, criado por ela com tamanho apego, e que seria para ela sempre o seu pequerrucho, seu pequenino, seu menininho. Tomou de um sorvo o que restava no cálice, os olhos voltaram a reluzir. Menino, menino, menino dela, tão bonito desde o nascimento, tão pouco tempo passado e agora se casando. Já vivia com mulheres havia muito tempo, mas isso era da mocidade, dos que tinham recursos e saúde, casamento era muito diferente, era a passagem para um mundo novo, o homem casado é mais respeitado que o homem solteiro. E haveria a cerimônia em que ela se tornaria novamente madrinha dele, por assim dizer mãe duas vezes, e ele receberia o sacramento, seria um homem completo, um homem casado. Meu meninão, meu rapagão, disse ela, apertando a nuca dele com força, vai se casar. No dia do casamento, quem vai te dar teu banho sou eu, tua madrinha que te criou, desde menino que não te dou um banho e esse vai ser o último que vou poder te dar, porque depois de casado já não fica bem, já passam a deitar vistas maldosas, disse ela com o olhar fixo nele, e ele ficou um momento sem saber o que dizer ou como se mexer.

— Estou ciente de tudo isso — falou por fim. — Estou muito ciente e a senhora tem razão em tudo o que diz, como sempre. Não tenho preocupação nem com Catarina nem com Albina, porque nós sabemos o que é bom para elas e sempre vamos fazer esse bom, bem poucas mulheres neste mundo têm uma vida tão sem cuidados. O que me dá preocupação é outra coisa.

— Eu sei, é Tertuliano. Desde o começo, eu já estava esperando que tu falasses nele.

— Sim, a senhora sabe o quanto eu gosto dele. Não é por ser primeiro filho. Quer dizer, um pouco isso. Primeiro filho e homem, sempre pensei nisso, não vou negar. Mas não é somente isso, é um menino com grandes qualidades, está se vendo desde já. E, enfim, como a senhora mesma me diz sempre, essas coisas não têm explicação, são como são e não mudam. Se ele fosse filho de Catarina, estava tudo resolvido, nada mais a levar em conta.

— Mas ele não é filho de Catarina, é de Albina. Assim como a mais velha de Catarina é Alamanda e eu acho que isso tem de ser também estudado, porque não sei se era bom que o neto mais velho de Nuno Miguel, além de brasileiro, também fosse mulher. Acho que é forçoso dar um jeito nisso também, Alamanda vai ter de deixar de ser a mais velha.

— A senhora tem razão outra vez, eu não tinha pensado nisso. Mas nem Catarina nem Alamanda são motivo para preocupação. É o menino que eu não quero prejudicar, não quero que ele sofra.

— Nisso é que eu acho que tu exageras muito. Vontades de menino não são vontades. Sabes e queres o melhor para ele, é teu filho e ainda não tem nem senso direito de exigir nada.

— Lá isso é verdade. E vou fazer o melhor para ele, não quero que se sinta infeliz, quero que fique satisfeito.

— Eu também quero isso, pois gosto muito dele, como gosto de todos os meus netos. A única coisa em que tens de atentar, e de atentar muito bem, é que o contentamento dele não venha a ser o descontentamento de todos no futuro, inclusive o teu e o dele. Na idade em que está, se deixássemos que cuidasse da vida, amanhecia numa cama de rebuçados e de mais não se ocupava até lhe vir dor de barriga. É por isso que lhe digo, redigo e tredigo que penses tudo muito bem pensado antes de resolver, porque é para a vida toda e tanto pode ser uma bênção quanto uma condenação.

Isso mesmo lembrou Juvenal dois dias mais tarde, ao começar a conversa que marcara com o filho Tertuliano. Vestido caprichadamente pela mãe na melhor de suas duas domingueiras, cabelo engomado, meias brancas até os joelhos, gravata azul de marinheiro, camisa de linho fino e duas gotas de alfazema atrás das orelhas, Tertuliano chegou antes do pai e sentou-se no banco sob o tamarindeiro do jardim. Não era surpresa o pai ter escolhido aquele local, porque nele se tinha desenrolado a maior parte dos instantes inesquecíveis que viveram juntos. Fora ali mesmo, por exemplo, que, depois de uma viagem à Bahia muito demorada, o pai, que o deixara com tantas saudades que ele procurava suas camisolas usadas para cheirá-las e recordar-se dele tão fortemente quanto possível, lhe trouxera o livro de estampas coloridas que agora, entre todas as pessoas conhecidas, somente ele possuía, o livro que lhe abria um mundo cheio de cores e deslumbramentos, que ele guardava escondido e protegido, para só tirá-lo quando queria devanear, ou então num momento como o que se seguiria, quando de novo celebraria emocionado, os olhos cheios d'água, o coração batendo ligeiro, o fôlego curto, a garganta apertada e o queixo trêmulo, a amizade sem medidas que tinha com seu grande, forte, valente, destemido e incomparável pai, o maior, mais sabido e melhor homem do mundo. E ali também aconteceram outros eventos inesquecíveis, como sua primeira leitura pública em voz alta, depois de haver começado a ter lições com a professora Joventina, o pai se levantando orgulhoso para lhe apertar o ombro e o chamando de menino mais inteligente de toda aquela terra. Ali trocaram olhares cúmplices de homem para homem, ali fora permitida mais de uma vez sua presença exultante entre os amigos do pai, aquele era de fato um lugar mágico e cheio de lembranças, à sombra serena e acolhedora do tamarindeiro. Muito composto, como lhe ensinara a mãe, abriu o livro para rever as estampas e esperar o pai.

Mas ficou assim por pouco tempo, porque as folhas secas do chão farfalhejaram por trás da sebe de amoreiras, um assovio fino dado entre os dedos soou e, com o largo sorriso todo aberto, um enorme saveiro de brinquedo numa das mãos e dando passos de saltimbanco, Juvenal apareceu para ter com seu filho a grande conversa prometida. Entregou-lhe o saveiro, disse que seu mestre era o famigerado capitão almirante de todos os mares Tertuliano Botelho Gomes, contou histórias de navegação e descreveu lugares como apenas ele e os grandes marinheiros tinham visto. E, depois de abraçar o filho e sentar-se em frente a ele, anunciou novidades colossais, novidades tão estupendas que Tertuliano ia achar que estava sonhando. Pronto para tudo, comandante, posso dar a partida? Sério e compenetrado, Tertuliano empertigou-se tanto quanto pôde, como convinha a um homem que ia participar de uma conversa entre homens. Sim, disse, pronto para tudo.

11

Pronto para tudo, dissera. Tertuliano apertou mais as mãos nas bordas do banco do Jardim porque o vagalhão se aproximava para engolfá-lo de novo. Não veria a cena do dia terrível com a clareza das outras cenas, inclusive das que não tinha presenciado, mas a sentiria pelo corpo todo e outra vez não saberia o que fazer, nem o que dizer, nem o que pensar, nem onde estar, nem aonde ir, nem quem era, nem o que era, nem se estava vivo, nem se estava delirando, nem se estava acordado ou dormindo, nem como era seu nome, nem se era bicho ou gente ou coisa. E a fala do pai não lhe vinha numa sucessão de palavras como todas as falas, vinha num turbilhão sem começo nem fim, vinha como uma colcha que o abafava e o deixava sem noção de tempo. E, dentro desse cobertor, vários episódios se iluminavam num clarão assustador e repentino, como na hora em que o pai anunciou que dali em diante ele seria, para todos os efeitos, filho de Catarina e não de Albina e ele saíra correndo, o brinquedo abandonado em cima da mesa do tamarindeiro à qual ele jamais voltou e onde, como se tivesse ganho fama de amaldiçoado, o saveirinho jazia, adernado, bichado e com as velas em tiras esfiapadas, sem que ninguém mais o houvesse tocado.

Ah, Senhor, os dias escorrem vagarosos como caramujos, os anos não perduram mais que uma fagulha, o passado não acaba nunca. Depois que ouviu a proposta do pai e saiu correndo em busca da mãe, Tertuliano chorou a ponto de quase parar de respirar, quando ela lhe disse que já sabia de tudo, compreendia as razões do pai e aconselhava o filho a acatá-las. Ela sempre estaria perto dele, jamais deixaria de ser sua verdadeira mãe, a barriga de onde saiu, os peitos em que mamou e o colo em que se abrigava. Portanto, ele não estava de fato perdendo nada, estava ganhando, era o seu bem que o pai queria. Mas ele nem respondeu e abraçou a mãe, redobrando os soluços.

Nunca, nunca, como repetiu depois da surra que lhe deu Iá Cencinha, entre acusações contra menino tão ingrato que parecia possuído de um demônio e tão imprestável que nem o obséquio de um simples sim fazia ao pai, que tudo lhe dava e não cessava de mostrar sua preferência por ele. Saíra à mãe, Deus a perdoasse, tão filha sua quanto Catarina, mas ordinária por natureza, geniosa, encasquetada, cabeçuda e metida a sebo. Mas Tertuliano, retalhado por vergões sobre os quais sua avó mandou aplicar compressas de água e sal, não cedeu, assim como não cedeu depois do castigo de três dias num quarto escuro, a bolachão e água, nem dos quatro ou cinco cachações que o pai lhe deu, impaciente com a renitência da recusa.

Casado com Catarina na capela da Ponta das Baleias, Juvenal seguiu para Portugal, onde se demorou bem mais que o previsto, pois o velho Nuno Miguel, nunca de todo recuperado das lesões do acidente, morreu logo em seguida à chegada do filho. Pouco depois também morreu Albina, que não se levantava mais da cama, não comia, não tomava banho, não conversava e passava horas a fio olhando o céu pela janela do quarto, como se estivesse assistindo a um espetáculo, e o lado Vieira da família, por vontade de Iá Cencinha e Juvenal, ficou sob a curadoria de Varelinha. Em pouco tempo a família viu minguar seu patrimônio e, quando Tertuliano a assumiu, não tinha praticamente mais nada, a não ser uma roça na Ilha dos Porcos, três ou quatro saveirinhos de pesca, uma quitanda pequena e algumas casas sem muito valor. Nunca ninguém nela passou fome ou grave necessidade e todos se criaram, mas eram agora bastardos e malmente remediados. E, na frente de Tertuliano, pelo respeito que sua recusa a renegar a barriga que o pariu logo conquistou até entre os maledicentes, ninguém recordava em voz alta essa história, a não ser amigos de nascença como Nestor Gato Preto, assim mesmo uma vez na vida e outra na morte. E os poucos velhos que já eram gente, quando tudo isso aconteceu, não costumam passar a história aos mais novos porque compreendem que há muito o que esquecer na vida de cada um e manda a correta caridade não expor as memórias secretas do próximo.

Portanto, se houvesse alguém menos velho junto a Tertuliano, na hora em que, como agora, o vagalhão se desfaz, talvez se espantasse com suas feições contorcidas e seu olhar perturbado. Mas, com a exceção dele, o Jardim estava deserto e assim ele respirou fundo e achou, como às vezes dizia a si próprio, que tinha limpado o dia, aquilo não voltaria mais tão cedo. E já se preparava para levantar-se e dirigir-se à sua casa, quando lhe rebrotou no meio da cabeça a novidade que, por um instante louco, ele deixara de lado, a grande novidade, seu neto Raymundo Penaforte, de cu prá lua nascido fazia pouco. O neto Raymundo Penaforte e seu destino marcado, o mundo agora era diferente, era como se houvesse algo para fazer a cada instante. Tertuliano sorriu de si mesmo, ao perceber que já tinha se levantado e, distraído, começara a andar apressado, só que não sabia aonde estava indo ou o que ia fazer com tanto afã. Que é isso, Jaburu, disse a si mesmo, calma aí, Jaburu. Parou, sorriu de novo, abriu os braços e virou o rosto para o alto. Afobamento nessa idade não se justificava e, portanto, nada de afobamento. Na casa de Belinha e Saturnino não tinha o que fazer, a não ser ver o neto outra vez. Em casa havia o caderno, mas não sentia vontade de anotar nada, talvez mais tarde, talvez no dia seguinte. Queria mesmo era falar sobre o neto, ver gente, conversar com os amigos e camaradas, saber todos os preceitos sobre nascimentos como aquele. Então lembrou que Gato Preto lhe dissera que estava indo ao Mercado fiscalizar Moreia e Miroró, seus dois filhos ladrões, e portanto ainda podia estar por lá.

Chegando à rampa por cima do cais, viu fundeado um saveiro verde e reconheceu nele o *Sossego*, um dos quatro barcos de Gato Preto. Manhã alta, quase nove horas, ele já estava acabando de almoçar e palestrear na barraca de Apolônio Belo Beiço. Vinha discorrendo sobre justamente a ladroagem que vitima a humanidade, pois, desde que o mundo é mundo, uma das ocupações a que o homem mais se entrega é botar o olhão no que é dos outros e, quando chega a oportunidade, botar também o mãozão, sendo que se conhece o larápio pela infalível indicação de que ele sempre acha que todo mundo também só pensa em larapiar e, do mesmo jeito que ele quer surrupiar o que é nosso, queremos nós subtrair o que é dele. Podemos distinguir diversos tipos de larápio, ia acrescentando, mas os numerosos interessados que se aglomeraram para ouvir a exposição tiveram que arrolhar sua sede de saber, porque ele viu Tertuliano se aproximando, empurrou o prato para o lado e acenou para o compadre, que atravessou a rua e se avizinhou.

Não tinha nada de novo a falar. Sentia que devia falar qualquer coisa, mas não conseguia botar o dedo em cima do que se tratava. Havia algum buraco naquela história toda, com aquele negócio daquela vida separada, e ele era obrigado a repetir que nunca vira nada parecido, nem ouvira falar. E foi então que Tertuliano, surpreendendo até a si mesmo, disse com naturalidade: É a morte.

— A morte? — disse Gato Preto. — Quem falou em morte aqui, ninguém falou em morte.

— Eu sei — disse Tertuliano. — Quem falou fui eu. Agora neste instante foi que eu acabei de ver tudo, me deu o último estralo assim que eu avistei o *Sossego* ali. Deus seja louvado, parece até uma serpentina, um labirinto. Enrolou, enrolou e de repente chegou o fim. Bom, muito bom.

— Você me desculpe, mas... Tudo certo com você?

— Certíssimo. Eu sei que você não está entendendo nada e eu também não estava, mas agora estou. E você também vai entender, quando eu lhe explicar. Eu estava pensando na vida, depois do que você me disse.

— Eu sei, não falo mais, eu sei. Você sabe que eu nunca toco nesse problema, nem com você nem com ninguém, é uma coisa em que não se fala. Foi que na hora eu achei, como amigo...

— Não, não, nem pense nisso, eu não estou pensando nisso, é outra coisa, completamente diferente. Quer dizer, é por causa disso que me veio esse palpite que estou tendo aqui.

Ao contrário do que o compadre supunha, ele tinha mais era que botar as mãos para o céu, porque, se não fosse pela conversa que tinham tido, nunca perceberia o que agora estava manifesto diante de seu nariz. E era bom, muito bom, Deus sabe o que faz, porque, se já não tinha medo da morte e só não queria que doesse ou, antes de chegar de vez, o deixasse broco e se urinando nas calças, agora mesmo era que não sentia nenhum receio, tinha até curiosidade sobre como seria. Gato Preto, um pouco espantado com aquelas novidades repentinas, disse que era isso mesmo, não havia por que ter medo da morte, era até uma espécie de renascer e ele podia passar a Tertuliano algumas noções espirituais, mas este retrucou que não queria nada disso, não queria que se organizasse o que acabara de descobrir, sentia que era melhor desse jeito. Já tinha dito que o medo da morte não era problema, realmente nunca o sentira. Mas, se era bem verdade que a compreensão que agora lhe viera fora despertada pela conversa com Gato Preto, a convicção em que estava fora alcançada dentro de sua experiência pessoal, que, como toda experiência pessoal, não dava para ser dividida com ninguém, nem mesmo com os amigos mais enraizados. Depois da conversa, revivera muita coisa de sua vida. De repente lhe nasce aquele neto tão antecipado e aquela castanha na assadeira quente lhe estoura de chofre pela frente, os sopros que o instruíam antes do nascimento, a descoberta do nome, a lua no dia do parto, a conversa com Gato Preto, a lembrança mais recente e fresca da história de sua vida, tudo se encaixando como um jogo de armar. Se antes disso a morte o deixava apenas um pouco curioso, agora a curiosidade aumentava muito. Não que ele quisesse morrer, mas, se não tivesse certeza da morte, ia ficar um pouco decepcionado.

— Deus é justo — disse Tertuliano. — Deus é a justiça propriamente dita, só essa é que é a única e exclusiva justiça, o resto pode ser, pode não ser, e não merece confiança. O que um acha justo outro não acha e o mundo também não é justo, só quem pode ter certeza do que é justo é Deus. Eu nunca fui muito de igreja, nem de padre, nem de freira, nem de missa, mas em Deus eu acredito muito. E não é por cagaços da velhice, não, eu sempre acreditei. E a vida que me tomaram veio a ser devolvida agora, por justiça de Deus.

— Com isso eu concordo, a verdadeira justiça é a de Deus, mas o resto eu não sei se está certo. Se bem entendi, você diz que roubaram sua vida. Eu nunca achei isso, sempre achei você um homem direito, que sabe viver e deixar viver, sempre se comportou, todo mundo respeita, não deve a ninguém. Não acho nada disso, que roubaram sua vida, morte, não sei o quê. Sua vida é a que lhe foi dada. Estou voltando à estaca zero, não entendi neca, a verdade é essa.

— Você tem razão, tanto assim que só fui entender agora. Eu já devia ter entendido, mas é dessas coisas que estão debaixo do focinho da gente e a gente não repara.

— Bem, então explique de novo. Não quero ficar achando que você endoidou ou está ficando caduco, nem quero ouvir nas quitandas você recebendo dichotes pelas costas igual a Ostinho. Você sempre me facilitou ser seu amigo, não é agora que vai dificultar.

— Ah, taí, acho que vou. Mas só se você quiser me defender de uma coisa que eu não estou nem aí se disserem e acho até normal que digam, por mim podem falar o que quiserem.

— Não, isso fica chato, mesmo porque você não está maluco nem caduco, eu lhe conheço quase desde que me entendo. Você pode estar perturbado de assanhamento com esse seu neto que nasceu de cu prá lua e daqui a uns dias passa, mas maluco nem caduco por enquanto eu posso garantir que não está.

— Já eu não posso. Nem preciso. Para começar, que eu estou caduco já deve ter gente até que diga. E que eu sou maluco também. Quem teve tantas mulheres e filhos como eu pode esperar tudo. E todo mundo gosta de debochar de velho, nem que seja por trás, eu sei disso tudo, já tenho muitos anos de velhice.

— Muito bem, mas isso não impede que eu saiba que você não está maluco.

— Nego veio de meu coração, se eu não minto a ninguém, muito menos vou mentir a você. Estou falando com sinceridade, não tem uma gota de brincadeira nisso. Eu respeito muito seu conhecimento, você sabe disso. E agora mesmo estou levando ele em conta, só que numa direção diferente da sua. Mas não sei se não acaba dando no mesmo.

— Não dá nada no mesmo. Me corrija se eu estiver errado. Pela minha adivinhação do que você está querendo me dizer, você está dizendo que vai morrer e aí vai recuperar a vida que lhe roubaram. E eu lhe digo naturalmente que um dia você vai morrer, porque tudo o que está vivo morre. Melhor dizendo, você vai desencarnar. Até aí nenhuma novidade, só que você sabe pouco dessas coisas e não quer aprender mais. Você não vai reencarnar para viver vida nenhuma que lhe roubaram. Quando seu espírito reencarnar, você vai viver outra vida, em outra situação, em outra esfera, em...

— Desculpe, mas vai ser diferente disso. Eu já disse que respeito muito seu conhecimento, mas no caso ele não se aplica, não é nada disso. De fato, eu não acho que estou nem maluco nem caduco, mas o que lhe digo com toda a sinceridade é que eu não ligo se pensarem isso, não tem nenhuma importância a esta altura. Quando meu neto Raymundo Penaforte mal tinha quatro meses na barriga, todo mundo, inclusive Altina, dizia que era mulher e eu já sabia que era homem, ninguém me tirava essa certeza. Bem verdade que nessa ocasião eu achava que isso estava sendo soprado no meu ouvido, mas não contei a ninguém, aí sim, com receio de acharem que eu estava maluco. Eu só dizia que meu neto era homem, ficava nisso. Agora não, agora é diferente, porque agora eu já tenho experiência, não preciso de sopro nenhum.

— É, de fato, Jaburu. Se eu não lhe conhecesse, passava um telegrama para o hospício, mandando pegar você aqui com urgência.

— Você veja como são as coisas. Normalmente eu ia ficar preocupado, se você dissesse que eu estou maluco. Mas agora, com todas as considerações, tanto faz quanto tanto fez, muito pior era se a estima e a amizade fossem embora, aí não. Mas, ficando a amizade, pode deixar todo mundo dizer o que quiser, você ou qualquer um.

— Deixe eu ver, lhe roubaram a vida quando o coronel Juvenal resolveu que ia legitimar a família de dona Catarina, é isso? Desculpe, mas só tocando nisso outra vez, você provoca.

— Até você, Felino Negro? Se lembra de mestre Jatobá chamando você de Felino Negro na escola?

— Tertuliano, não adianta essa besteira de ficar querendo mostrar que está maluco, não convence ninguém, muito menos eu.

— Eu não estou querendo mostrar que estou maluco, estou querendo mostrar é que não ligo, não tenho razão para ligar. E não quero convencer ninguém, dá muito trabalho, só quero fazer umas coisas que me dão vontade, antes de morrer. Você mesmo não disse que havia como que mais uma vida lá? Pois é, deve ser a minha que roubaram. Junto a meu neto, não é? Pronto, isso para mim é claro, não tenho dúvida nenhuma. É a minha vida, esperando por mim.

— Bom, Jaburu de meus pecados, eu também estou bem velho e já vi tanta coisa neste mundo que não tenho condição de duvidar de nada. Mas confesso que continuo achando tudo isso um grande engano seu, se é que você não está mesmo brincando.

— Eu não estou brincando, já lhe disse.

— Creio, creio. E na verdade não muda nada, tudo continua, você tendo essa outra vida ou não. Se não tem jeito de conferir, pelo menos aqui neste mundo, conferido está, não adianta discutir e, portanto, não vamos discutir. Pronto, você vai morrer para viver a vida que lhe roubaram, junto com seu neto. É assim que você quer e assim ficamos. Não é o primeiro caso de avô babando e dizendo besteira a respeito do neto, por isso mesmo se fala que o sujeito está caducando com o neto. Você nunca foi muito disso, mas tinha de ter uma primeira vez, é isso mesmo. Muito bem, então podemos mudar de conversa, até porque esta já está ficando chata. Quando é que vamos convidar seu Zé Honório para padrinho do menino?

— Raymundo Penaforte.

— Sim, Raymundo Penaforte, desculpe. Pois é, quem vai fazer o convite, você ou Saturnino mesmo?

— Ah, lembrou bem, isso estava me passando, foi muito bom você falar, tenho que pensar nessas coisas também, acho que vou começar a anotar.

— Melhor do que ficar pensando na morte.

— Aí é que você se engana, faz parte do conjunto. Antes de eu morrer, que pode ser a qualquer momento, tenho que fazer algumas coisas. Uma delas é essa, faço questão de eu mesmo convidar seu Zé Honório, vai influenciar muito a vida de meu neto e, quem sabe, minha nova vida.

— Você vai contar a ele essa maluquice toda?

— Duvido que ele ache maluquice. Mas, se achar, lhe digo novamente: não vou me preocupar com isso, ele também não vai telegrafar para o hospício.

— Tertuliano Vieira, meu compadre, é: sou forçado a reconhecer que vou acabar acreditando que você está avariado do juízo mesmo.

— Eu já disse que pode até ser, não influi nem contribui. E então, meu nobre amigo, o tempo é curto, logo, logo nos falamos, vou cuidar da vida. Melhor dizendo, vou cuidar das vidas. Já ouviu isso antes, não?

12

Tertuliano despediu-se do compadre com larga efusão e passou em casa para tomar banho, fazer a barba e mudar de roupa. Antes de sair, mirou-se no espelho do guarda-roupa: de quem era essa figura? Ninguém menos que o velho Tertuliano, mas muito do remoçado, muito do peralta com esse sorriso brilhoso, esse chapéu de palhinha da Índia e essa camisa de linho, e cada vez mais feliz porque ia morrer de uma hora para outra. Ajeitou as abas do chapéu, esticou as mangas da camisa e, quase pulando como se tivesse metade de sua idade, abriu o portão para sair à rua. Chegou ao Largo da Glória e parou debaixo do oitizeiro, a fim de ponderar com quem primeiro falaria. Tinha pensado em vaguejar por ali mesmo, para conversar com quem quer que aparecesse, mas logo mudou de ideia. Claro, primeiro visitaria a Tricotomia Parnaso, nome comercial da barbearia onde a essa altura Nascimento estaria na companhia apenas de seu aprendiz Gustavo Papoco, assim alcunhado por, em mais de vinte anos de estudo e adestramento, nunca ter conseguido passar no exame final, o qual consistia em cobrir de espuma uma bola de soprar, para em seguida raspá-la inteiramente com a navalha, mas a bola sempre estourava na cara dele. E assim ele desistiu de ter sua própria tenda de barbeiro e resolveu usar para sempre o jaleco com a palavra "Aprendiz" bordada por cima do bolso que Nascimento emprestava, até hoje sustentando a família com sua renda de oficial aprendiz e compensando a constância da derrota por meio de seu grande conhecimento, não superado pelo do próprio Nascimento, de todas as matérias concernentes ao cabelo e seus corolários, desde cortes, do Príncipe Danilo ao Napoleão, a queda, piolhos e outros percalços que confrontam o couro cabeludo.

Também grande entendedor de todas as tinturas encontradas em folhas, flores, frutas e sementes não só dos matos como dos pomares e jardins, que aperfeiçoara em receitas secretas, Gustavo, com as duas portas do estabelecimento encostadas, tingia de preto o cabelo do guarda-civil aposentado Natálio Querosene. Se secretas eram suas receitas, quase tão secreto era o rol dos que usavam seus serviços na eliminação dos cabelos brancos traiçoeiros, obrigando-o a manter escrupulosa discrição profissional. Sabedor disso, Tertuliano enfiou o pescoço por uma das portas adentro e perguntou se podia ingressar. De fato, Querosene achava que seu cabelo cor de sucupira-preta era por todos tido e havido como natural e ninguém tinha o coração de pedra para dizer-lhe, mas não havia esse problema no caso de Tertuliano e de uns quatro ou cinco mais velhos da Ilha, porque estavam velhos demais para mexericar e a idade lhes dava direito de escarnicar. Nascimento, usando seus óculos sociais, de armação francesa e lentes encomendadas em São Paulo, que lhe tinha presenteado um veranista, estava fazendo palavras cruzadas na hora em que Tertuliano chegou. Tirou os óculos, enfiou-os no bolso do jaleco e fitou o amigo com emoção.

— Ora, ora, alvíssaras! — disse, abrindo os braços. — Já ansiava deveras por tua visita. Forcejaria eu mesmo para visitar-te, se cá não desses com os costados ainda hoje. Com que então temos excelsas novidades, fomos informados de que o fidalgo amigo adita mais um infante à sua extensa progênie!

Sim, sim, estava jubiloso com o acontecido, bem como com sua singularidade magnífica, tão magnífica que cessava de constituir, passasse o galicismo, de um detalhe mero, pois também soubera que o nascituro viera à luz da vida com o uropígio voltado para Selene, satélite da esfera terráquea, que os vates tanto inspira. Ou seja, no dizer do vulgo, nascera de cu prá lua, uma boa-nova encimada por outra. Anelava, pois, por uma palavra do compadre sobre o tema em pauta, tópico do dia, sem a menor anfibologia ou equívoco. Vox populi, vox dei, a voz do povo é a voz de Deus, de maneira que não encarava com ceticismo, antes pelo contrário, a convicção popular de que o petiz desgravidado com o pousadeiro apontado na direção lunar desfrutaria de uma vida plena de êxitos e sem empeços dignos de nota. O que viesse a possuir ou lograr, tanto no terreno material quanto no incorpóreo, dependeria exclusivamente de sua vontade, pois se tratava de postulado avoengo e ratificado pelo tempo, tanto assim que persistia através das eras, quiçá desde os albores da humana raça. A nímias congratulações fazia jus Tertuliano e se apressava ele em arrolar-se entre os primeiros a oferecê-las, até porque era seu galardão a sempre próspera amizade que nutriam já se iam uns sessent'anos, quiçá mais. Narre-me tudo, compadre, finalizou, dando um abraço em Tertuliano.

— Pelo visto você já sabe de tudo — disse Tertuliano. — É capaz de já saber mais do que eu, porque passei não sei quanto tempo no Jardim, até ainda agora. E, para ser sincero, não vim aqui falar em meu neto. Meu neto foi muitíssimo bem parido, talvez faça muitos anos que houve ou vai haver um nascimento assim, em qualquer parte. E o nome você também já sabe, você me ajudou a achar.

— Sem dúvida, recordo-me bem. Foi dos labores mais prazerosos em que tenho tido a ventura de empenhar-me. Não há como olvidar tão marcante episódio e sobretudo lisonjeia-me, desvanece-me e honra-me haver colaborado, ainda que de forma ancilar e obscura, para configurar tão afortunado sucesso. Trata-se, pois, de ninguém mais, ninguém menos que o nosso Raymundo Penaforte.

— Isso. Nasceu de cu prá lua, como você já sabe. Eu mesmo mostrei a bunda dele à lua e senti que tinha tido efeito, uma coisa daquelas não pode deixar de ter efeito.

— Nunca me vi em tal conjuntura, apesar de haver chamado à existência numerosíssima prole. Mas não ouso discordar. Já anteriormente houvera eu aludido à sapiência do povo e ora reitero meu parecer. Motivos sobreabundam, destarte, para as congratulações que já te ofereci. Podes gabar-te não só de um novo neto em tua pluricopada árvore, mas também de um futuro homem eminente, inquestionavelmente fadado a magnas façanhas e cometimentos.

— Isso tudo deve ser verdade, eu boto toda a fé. Nestor Gato Preto também disse que o menino é predestinado, estou muito tranquilo nesse ponto. Aliás, não só nesse ponto como em qualquer outro.

— Folgo em saber. Nestor é um cavalheiro digno de todos os louvores, homem do mais valioso quilate, sua palavra tem irretorquível potestade. Que augurou ele, que disse ele?

— Ah, essas coisas mesmo que mais ou menos você disse, se bem compreendi. Eu estou tranquilo, não é por isso que eu vim aqui, como eu já lhe disse.

— Com efeito, bem o lembro. Pois então, a que devo o regozijo de tua visita?

Quando Tertuliano acabou de contar tudo, espantou-se ao constatar que havia falado durante quase uma hora, abertamente e sem pedir reserva, sobre a história que todos evitavam, mormente em sua presença, ou seja, a trajetória da família Vieira e o papel que ele desempenhara nela e continuava a desempenhar. De repente, passou a não se incomodar mais com isso e Nascimento parecia perceber que não se tratava de algo eventual, mas de uma mudança mesmo. Devia perceber, sim, depois de tantos anos de convivência praticamente diária, o que se demonstrava pelo sorriso satisfeito e pelo retorcer das pontas do bigode.

E foi isso mesmo o que ele comentou, depois da fala de Tertuliano. Evidentemente, reagira com imediata consternação à notícia da morte iminente do compadre, mas seria egoísmo e até perfídia persistir nesse sentimento diante da persuasão do outro, um desrespeito, dir-se-ia. Outrossim, era bonita a visão de Tertuliano se preparando para iniciar nova vida, ou a vida propriamente dita, conforme sua diserta narração. Sem pestanejar, concordava em gênero, número e grau, até porque ninguém tinha autoridade para pronunciar-se em contrário, a não ser aquela baseada em pensamentos tirânicos, entortados, zarolhos, estreitos e o que mais consentisse a infinita misericórdia do Criador. Os contestadores que nesse caso explicassem, convincente e demonstradamente, o sempre indesvendável quem somos nós, de onde viemos, para onde vamos. Como não explicam e muito menos demonstram nada, valem as palavras dos descrentes tanto quanto quaisquer outras — e entre elas cada um elege as que, por razão confessa ou não, mais lhe convêm, pois sabe-se que o homem escolhe aquilo em que acredita. Tertuliano, além do mais, podia aspirar também a uma colocação no panteão dos santos homens, quer os canonizados pelo Papa, quer os assim tidos pela opinião geral. Quem eram os santos mártires, senão gente que abdicou da vida terrena em nome de sua crença e seus princípios? Assim havia abdicado Tertuliano e Deus não deixara de ver aquele sublime gesto, bem como a conduta reta e proba que sempre o caracterizara e a boca sempre fechada para imprecações ou blasfêmias. E a vida nova em folha que estava sendo oferecida a Tertuliano resultava da justiça divina. Se a haviam tirado de seu bom filho, Ele agora a devolvia. Não se podia pôr defeito algum nesse raciocínio e ficasse Tertuliano sabendo que seu compadre o defenderia em quaisquer circunstâncias, mesmo as mais adversas.

Orgulhoso do apoio de Nascimento, que não se deixava contraditar com facilidade e, com sua cultura, ganhava qualquer discussão, bastando arremessar no contendor uma meia dúzia de suas lindas palavras, Tertuliano se despediu com novo abraço e ainda falou alguns instantes com Gustavo e Natálio, que não aparentaram haver estranhado nada da conversa havida na frente deles. Pelo contrário, Natálio, muito compenetrado, disse que entendia tudo perfeitamente e endossava o que falara Nascimento, no compreendido e no não tão bem compreendido. Não somente isso, mas teria muito prazer em comparecer ao funeral, seria uma honra, contassem com ele do velório à missa de trigésimo dia, os amigos e admiradores não podiam faltar naquela hora. Tertuliano já sabia a data exata do passamento? Não sabia? Bem, não fazia diferença. Quando acontecesse, estaria a postos, no que foi secundado por Gustavo, que apertou a mão de Tertuliano demoradamente. Nunca desfrutara de maior aproximação com seu Tertuliano, mas sempre o tivera em alta conta, pelo seu belo comportamento e invejável equilíbrio. Agora surgia outro motivo para inveja, qual seja morte tão bem organizada e encaixada, ideal de todos e apanágio de pouquíssimos, até mesmo entre os membros das irmandades da Boa Morte pelo mundo afora. Também estaria no funeral com muito gosto e orgulho, até porque uma das boas coisas de sua vida, de que sempre se orgulharia, fora ter conhecido seu Tertuliano e com ele várias vezes convivido.

Esfregando a mão que Gustavo beijara, Tertuliano estava com pensamento distante, quando chegou ao açougue de Custódio Xaréu, que encontrou sentado num tamborete à porta de seu estabelecimento, na companhia de Everaldo da Bica e de Pomerânio, seu sobrinho magarefe. Os pés de Tertuliano deviam ter caminhado por conta própria, porque, apesar de a amizade não ser tão chegada quanto a que ele tinha com Nascimento, era também antiga e forte. Everaldo provavelmente se retiraria assim que Tertuliano começasse a falar, porque não admitia estar numa roda ou ambiente em que se tratasse da morte, por achar que isso atraía raios e outros malefícios só aparentemente naturais e espontâneos. Mas não era problema, porque Everaldo, muito mais moço na idade e principalmente no juízo, não podia oferecer opinião ou comentário aproveitável e, além disso, estava longe de ser um amigo do peito. Quanto a Pomerânio, todos sabiam que era atolambado de nascença, tendo vindo ao mundo com jeito apenas para o manejo de facas, cutelos, serras e machadinhas aplicados aos quadrúpedes de corte, sem mais nada acertar a fazer. Custódio recebeu Tertuliano alegremente e foi buscar lá dentro outro tamborete.

— Foi muito bom você ter chegado, suas orelhas devem estar quentes — disse ele, depois de ajeitar-se novamente. — Everaldo e eu estávamos falando sobre seu neto novo.

— Raymundo Penaforte.

— O quê?

— Raymundo Penaforte, o nome de meu neto é Raymundo Penaforte, eu mesmo que botei.

— Ah, sim, pois é, o menino de Belinha mais Saturnino Bororó, não foi esse que nasceu de cu prá lua?

— Foi, fui eu mesmo que levantei a bunda dele para exibir à luz.

— Já me contaram, só se fala nisso. Eu ia sair mais tarde e lhe procurar para lhe dar os parabéns, uma coisa dessas não é todo dia. Saturnino está contentíssimo, não é, não? Nem ele nem ninguém esperava mais filho homem e aí chegou esse, parabéns.

— Muito agradecido. Mas não é por isso que eu estou passando aqui. Primeiro, é uma coisa que estou falando com meus amigos principais. Segundo, é um favorzinho que eu quero lhe pedir.

— Ah, agora quem agradece sou eu. Eu sei que sou um de seus amigos principais, sempre fui, mas é bom ouvir você dizer. Não me conte que você pensou a mesma coisa que eu pensei.

— O que foi que você pensou?

— Quando o menino nasceu e você mostrou a bunda dele à lua, você não pensou na sorte grande?

— A sorte grande da loteria?

— Claro, só tem essa sorte grande. Minto, a outra é casar com mulher rica, mas agora já é tarde para mim, já é tarde até para

Everaldo, quanto mais para você. Eu pensei na gente fazer um bolo, comprar um bilhete inteiro da loteria, passar o bilhete na bunda do menino e esperar bater o número. Você pode entrar no bolo, aliás eu ia lhe convidar.

— Não, eu não quero entrar em bolo nenhum, não sei nem se ia dar tempo.

Explicou a Custódio o que se passava e terminou falando em sua morte, no que Everaldo se levantou, tirou o chapéu, se benzeu, botou o chapéu novamente e, sem dizer nada, foi embora Rua Direita acima, tão próximo das paredes das casas quanto possível e fazendo questão de não olhar para trás. No início, Custódio achou que Tertuliano estava pilheriando, mas acabou perguntando se não era coisa do momento de loucura. Como, Tertuliano não praticava o momento de loucura, sério mesmo? Ele pensava que era uma dessas coisas em que ninguém falava porque todo mundo a fazia depois de uma certa idade, não havia o que revelar ou discutir. O momento de loucura era quando a pessoa, para não ficar maluca por inteiro, tirava um tempo todo dia para deixar tomar conta de sua cabeça a maluquice que todos carregam, cada um com a sua, por mais disfarçada. Na juventude, a pessoa não distingue bem a loucura da normalidade, pensando e fazendo inúmeras bobagens devido a isso. Os que conseguem chegar à velhice, entretanto, sabem que não adianta achar que são loucos, porque todos são e constitui faina das mais ingratas prender as loucuras dentro de gaiolas desconjuntadas, temendo sempre que elas se soltem. De forma que a pessoa a quem a idade deu um adequado senso da existência tira sempre um tempinho, conforme suas particularidades, para acomodar a loucura, a fim de que ela não se veja presa em demasia e se revolte. Com ele esse costume havia se imposto de forma natural e agora era um hábito que supunha todos terem. Não era esse o problema de Tertuliano? Estava com medo da loucura? Não havia por quê, ela geralmente se contenta com seus minutinhos por dia, raramente horas, dificilmente dias, só muito raramente semanas e meses.

Tertuliano respondeu que nunca tinha pensado nisso e que nunca tivera o momento de loucura, nenhum momento de loucura, que ele soubesse.

— Então eu padeço de loucuras presas, deve ser parecido com urinas e bostas presas — acrescentou Tertuliano. — Vivendo e aprendendo, você agora me deu uma aula, Custódio, bem que pode ser isso mesmo. Se eu não fosse morrer a qualquer hora, eu adotava. Mas nunca fiz isso, de maneira que possa ser que minhas loucuras tenham ficado travadas esse tempo todo e agora resolveram sair. Mas não tem diferença, não muda nada. Assim ou assado, eu tenho que morrer como todo mundo e tanto faz morrer maluco quanto bom do juízo, maluco podendo até ser melhor, conforme o caso. No meu caso, com quase toda a certeza.

— Bom, se é assim, eu não vou discutir com você, só espero não ir antes, porque minha morte não tem nada disso, é morte como todas as outras, não sei de vida nenhuma para viver depois daqui, nem espírita eu sou, não tenho religião nenhuma. E, pelo meu gosto, ainda fico vivo enquanto der.

— Vai ficar, não se assuste, eu vou muito antes, nem que não fosse muito mais velho do que você.

— Agora, não deixa de ser interessante você me dizer que vai morrer com essa cara alegre. Eu sei, eu sei, você já me explicou tudo, mas de qualquer maneira morrer é morrer. Você já sabe como é que vai ser?

— Não, não estou sentindo nada, estou até muito bem, assim muito leve, muito gostando da viração, dos oitizeiros, das nuvens, tudo muito bom. Não sei se é visita da morte, como tem visita da saúde para quem está doente sem esperança.

— Jaburu, meu grande camarada, não me leve a mal, eu não sou nenhum Everaldo, mas esse negócio de morte me dá nervoso. Como amigo, fico agradecido por você ter me contado, mas prefiro lhe fazer o favor que você disse que ia me pedir, vamos passar ao favor, que é melhor conversa. Esse favor não tem nada com morte, tem?

— Pelo contrário, tem com vida. Você por acaso tem um quebra-faca perto que me ceda? Eu estou precisando mandar um recado para uma pessoa em Amoreiras.

— Ah, essa conversa eu entendi, Jaburu, agora sim. Que desgraça você toma para essa tesão, meu compadre? Se botar para vender na farmácia, vai ficar rico. Quer dizer que, quando a gente vê você na cantina de Bambano, tomando uma de manhã cedo, aquilo deve ser uma mundureba que nem bispo aguenta. Você manda misturar catuaba, pau-de-resposta, milome, extrato de papa-fumo, nó-de--cachorro, pó de amendoim e gema galada, só pode ser. Quando a gente pensa que você já deu o que tinha que dar, lá vem você com rabo de saia novo, se assunte, homem de Deus. Agora eu estou achando que esse negócio de morte é conversa para engabelar alguma desprecatada aí. Que cacho é esse em Amoreiras, eu conheço?

— Não é cacho nenhum, é um recado para seu Zé Honório, quero fazer uma visita a ele.

— É mesmo? Eu pensei que era alguma viúva do oveiro grande, como você gosta. Não me engane, não, Jaburu.

— Eu não estou lhe enganando, é com seu Zé Honório mesmo.

— Eu não sabia que você era amigo dele.

— Não sou amigo, não, nunca nem vi, nem muito menos conversei com ele. Eu vou convidar ele para padrinho de Raymundo Penaforte, meu neto. Você acha que ele aceita? Eu tenho a impressão que sim, mas não posso ter certeza. Saturnino conhece ele, mas também não tem maior aproximação e agora me bateu que, na hora da escolha, a gente não pensa nisso. Pode ser que o homem não aceite, sempre pode ser, sei lá como ele é de perto.

— Nem se vexe, claro que ele vai aceitar, também não tenho aproximação, mas sei o bastante para lhe garantir que ele aceita. Em primeiro lugar, não se nega apadrinhar uma criança, a não ser por uma razão muito forte, é uma questão de cristandade. Então não é seu Zé Honório que vai se negar, pode ficar descansado. É porque o pessoal fica acanhado de pedir, senão ele já tinha uma penca de afilhados por aqui, é uma cerimônia que o povo aqui tem muito. Você vai lá quando? Eu podia até ir com você, sempre tive muita vontade de conversar com ele, ou senão pelo menos conhecer. Mas não quero atrapalhar e, se você não achar bom, fique à vontade, eu aí não vou, sem me chatear nem me aborrecer.

— Não, que é isso, você indo vai até me ajudar, com sinceridade. Quem lhe pede para ir sou eu, vai me ajudar, eu fico meio sem graça para falar essas coisas, acho que nunca casei porque nunca ia acertar a fazer o pedido. Quer dizer que a gente pode aparecer lá sem avisar, você acha?

— Não, isso não, não sei nem se ele se lembra de mim, não deve lembrar, estive com ele muito rapidamente, no meio de uma porção de gente. É como eu já lhe disse, não tenho aproximação nenhuma, também tenho cerimônia. É melhor perguntar antes, é mais delicado. Eu lhe consigo um positivo de confiança agora, é para agora?

— Quem é, eu conheço?

— Ah, tem uma porção, dá para escolher. Pode ser Epitácio de Naninha, pode ser um dos quatro meninos de Florência, pode ser Mariano Branco, tem uma porção de gente mesmo. Podia até ser eu mesmo, com muita honra, mas não posso largar nem o açougue nem a padaria, porque, se deixar nas mãos de Pomerânio e Napoleão, no dia seguinte não ia ter nem açougue nem padaria. Mas o resto você escolhe, pode dizer. Tem também Jaiminho de Astéria, que estava aqui nestante e agora deve estar ali na sinuca, eu posso chamar na hora que quiser. Jaiminho eu acho que é o melhor porque tem cavalo, facilita a missão.

— Ele sabe dar recado direito?

— Dar recado? Você não está pensando em mandar dizer alguma coisa pela boca de um positivo de merda, não acredito que você esteja pensando nisso. Ponha-se no lugar de seu Zé Honório, mas bem no lugar dele. Você ia atender um recado dado por Epitacinho ou Mariano? Mariano ainda sabe ler, mas é burro como a necessidade e não ia acertar nunca a dar o recado. Aliás, ninguém aqui ia acertar a dar recado nenhum, até parece que você é visitante chegado aqui pela primeira vez. E, mesmo que acertasse, não é boa educação mandar uma pessoa sem representação nenhuma, tem que ser uma espécie de embaixador, senão fica mal, a pessoa repara e pode até se ofender.

— Então, então, pelo que você está dizendo, não tem jeito. Assim eu não sei a quem recorrer, de cabeça assim não sei a quem eu possa pedir, fica sendo um favor grande demais, com muita responsabilidade.

— Me admira você, Jaburu, um homem como você, que todo mundo respeita e é conhecido pelos bons conselhos, não pensar direito numa hora destas, deve ser mesmo o momento de loucura. Jaburu, não me diga que você não sabe que tem de escrever um cartão.

— Eu tenho de escrever? Você acha que eu tenho que mandar um bilhete para ele?

— Bilhete, não, um cartão, o que se usa para essas coisas é cartão, eu escuto muito as conversas dos veranistas, estou sempre a par de como se faz tudo na Bahia. É como se fosse um bilhete, mas é num cartão. Você tem boa letra e sabe escrever sem erros, você mesmo é quem diz. Então é isso, você escreve o cartão e manda por Jaiminho, tudo resolvido.

— Isso diz você. Eu nunca escrevi um cartão desses, não sei como é que se faz. Você não quer escrever para mim?

— Eu? A bom santo você se encomenda, acho que não sei nem fazer cópia, quanto mais escrever direito. Deixe de besteira, Jaburu, é só pegar um cartão e um envelope aí na loja e escrever, para você não tem mistério, até testamento de Judas você escreveu várias vezes, que eu sei.

— É, mas sempre tinha uns dois para me ajudar, geralmente eu só botava no papel o que eles ditavam, era quase que só ditado.

— Então dite a você mesmo, qual é a razão para tanta dificuldade?

Sem ter o que responder, Tertuliano se despediu e voltou para casa, depois de passar na loja para comprar um cartão. Não havia cartões para vender, mas Ouriço, o chefe dos caixeiros da loja, solucionou o problema, cortando em retângulos uma folha de cartolina branca, diante da qual Tertuliano sentou-se, depois de pegar seu lápis favorito. Porque sabia que cometeria diversos erros antes de chegar ao texto final, resolveu que primeiro usaria o lápis e em seguida cobriria com a caneta o produto final de seu esforço, que, em letra redonda e sem requintes, mas caprichada, resultou no bilhete a ser levado por Jaiminho, que, se partisse logo, deveria estar de volta no máximo pelo meio da tarde, a não ser que seu Zé Honório não fosse encontrado ou que demorasse a responder. Mas não demorou, porque no meio do cochilo que tirava na cadeira de balanço da varanda, logo depois do almoço, Tertuliano foi acordado pelo matraqueado de ferraduras nas pedras do calçamento fronteiro à Fortaleza e viu que eram do cavalo de Jaiminho. Chegara a resposta, escrita numa folha de papel sem pauta, em letras muito graúdas, quase como a manchete de um jornal: Receberei com prazer a honrosa visita, na tarde de quinta-feira vindoura. Sorrindo, Tertuliano leu várias vezes a mensagem e a enfiou cuidadosamente no bolso. Quinta-feira, daí a dois dias. Recostou-se na cadeira, empurrou o pé contra o chão e começou a balançar-se devagar.

13

Se acomodando na cangalha do jegue Paciência, Tertuliano olhou para os lados e avaliou com satisfação a comitiva que terminara por organizar, para acompanhá-lo na visita a seu Zé Honório. Montados em jegues de confiança e vestidos com boas roupas, juntaram-se a ele, no Largo da Quitanda, Custódio, Gato Preto e Saturnino, assim que bateu uma hora da tarde. Paciência agitou a cabeça e bufou discretamente, Tertuliano lhe alisou o cachaço aveludado com afeto. Bom jegue, teve a quem puxar. Conhecia Paciência desde que ele era jeguinho, cria da famosa jumenta Girassol, que viveu cinquenta anos entre a estima e a admiração gerais e cuja biografia era conhecida em toda a Ilha, perdendo-se a conta das crianças mirradas que seu leite poderoso salvou da morte por definhamento e transformou-as em rapagões e mocetões reforçados. Do lado de pai, não tão nobre ascendência, pois era filho do também notório jegue Barão, temido até pelas lavadeiras, ao pipocar destabocado pela beira da lagoa, acreditando-se que morreu envenenado por um dos muitos proprietários de jegas por ele afrontados, em sua vida breve e acidentada. Seu filho Paciência, contudo, saíra à mãe e, apesar de pertencer a Neco Pior, servia com boa vontade a quem quer que o tomasse emprestado, como era o caso de Tertuliano agora.

Em marcha andadeira sem pressa e de tempos em tempos parando debaixo das copas das mangueiras e jaqueiras do caminho, dirigiram-se a Amoreiras, ouvindo Gato Preto contar o que sabia sobre seu Zé Honório. Neto de escravos nascido nas brenhas de Vera Cruz, sumiu desde meninote e ninguém soube mais dele até que apareceu na Ilha coberto de ouro pelo corpo todo — correntinha, correntão, cordão, cordãozinho, figa, pateque e anelão. Trouxe consigo sua dele santa esposa, dona Roxa Flor, nascida no Rio de Janeiro mas logo virada na mais completa filha da Ilha, exemplo e inveja deles e delas. Vieram também os quatro filhos, que cedo tomaram rumo pelo mundo, voltando apenas para rever os pais de vez em quando. Construiu um sobrado todo branco em Amoreiras e se mudou para lá, de onde quase não saía, mas onde sempre recebia os que procuravam o conselho de sua ilustração e a orientação de sua experiência. Que Gato Preto soubesse, não atribuíam a ele nenhum feito momentoso, mas seu nome era respeitado e até temido, não somente pela fortuna que juntara e pela intimidade com as artes e manhas que os negros seus ancestrais tinham trazido da África, como pelo mistério do seu passado, que ninguém conhecia e só se sabia que continha muitas viagens. E havia inúmeras histórias sobre ele e dona Roxinha, a maior parte vai ver que fantasiosa, embora não conviesse facilitar, pois tudo neste mundo é possível e o que hoje é mentira amanhã pode ser verdade ou o contrário. Enfim, quanto mais ele pensava, mais se congratulava consigo mesmo pela felicidade de sua sugestão para o apadrinhamento do menino. Até bonito ficava, um padrinho como seu Zé Honório para um menino histórico, que nascera de cu prá lua, sob os olhares de tantas testemunhas. E nessa conversa foram eles, até chegarem ao amplo casarão de seu Zé Honório, um grande sobrado todo alvo, perto da praia e rodeado de cajueiros.

Abriu a porta uma moreninha acaboclada de sorriso muito claro, talvez cria da casa. A porta dava logo para a sala de visitas, mobiliada com estofados, mesa e cadeiras também brancos, mas com debruns dourados. Na mesa, muito bem-dispostos, uma moringa com água, uma bandeja com bolinhos de aimpim e cocadinhas, três vasos com refrescos de seriguela, carambola e caju e um cinzeiro de louça. A mocinha pediu que se sentissem à vontade, se servissem do que quisessem e, se precisassem de mais alguma coisa, batessem palmas, que ela acudiria prontamente. Dona Roxa Flor mandava pedir desculpas por não poder fazer as honras, mas estava passando uns dias na Bahia. E seu Zé Honório acabara de despertar da pestana que tirava todas as tardes e já iria recebê-los ali mesmo.

Uns dez minutos depois, muito elegante e desempenado, carapinha grisalha bem aparada e bigode encerado, terno de diagonal branco, gravata azul-clara com prendedor de ouro, colete com bolso para o relógio também de ouro, correntão trespassado também de ouro, bengala de cabo de marfim com castão também de ouro e lenço de seda pura perfumado e arrepolhado no bolso frontal do paletó, seu Zé Honório surgiu lá de dentro sorridente, abrindo os braços como se estivesse a rever velhos amigos. Que fossem eles muito bem-vindos, esperava que a jornadazinha até Amoreiras, debaixo daquele sol, não os houvesse cansado em demasia. Já conhecia os senhores Tertuliano, Custódio e Nestor de nome, eram pessoas muito benquistas e consideradas na coletividade, ficava honrado com a visita. Quanto a Saturnino, também tinha muito gosto em conhecê-lo, certamente se tratava de um homem de valor comparável aos outros três, apenas bem mais jovem e, portanto, com uma reputação ainda em sua feitura. Por favor se servissem à vontade, o passeio devia ter-lhes aberto o apetite. Suas duas geladeiras americanas a querosene também estavam funcionando, se desejassem pedrinhas de gelo para pôr nos refrescos. Enfim, que se sentissem em casa e não fizessem cerimônia de nada, até porque, entre as qualidades que mais prezava no homem, estava a da hospitalidade e do se alegrar em que nenhum hóspede jamais tenha passado fome ou frio em sua casa. E, para encerrar seu falatório, confessava que o cartão de Tertuliano lhe espicaçara a curiosidade, como havia tempo que não acontecia. E, portanto, tão logo se abancassem consoante seu conforto, queria saber do que se tratava, era todo ouvidos.

— Impressionante! — exclamou, levantando-se com os olhos brilhando, assim que Tertuliano acabou de contar a que tinha vindo. — Impressionante! Se me contassem, eu ia ter dificuldade em acreditar. E os senhores também vão ter, porque é uma coincidência dessas que fazem a gente achar que existe uma mão traçando os destinos. Mas os senhores podem apostar que o que vou contar é a mais pura verdade, parece invenção, mas é a mais pura verdade. Não é a mesmíssima coisa, mas é quase a mesmíssima coisa. Há alguns meses, eu venho pensando muito em adotar um menino. Acho que criei meus filhos bem, mas agora criaria muito melhor, hoje sei muito mais do que quando eles eram pequenos, tenho muito mais a ensinar, sei distinguir o que vale a pena do que não vale a pena e não perco mais tempo com besteiras, nem procurando explicação para o que não tem explicação. Eu só não quero é esperdiçar o que aprendi, que eu sei que não é todo mundo que aprendeu, não acho direito morrer sem passar o que puder, que é que eu vou fazer com isso, na cova ou em outra vida? Na cova ou na outra vida, a conversa é diferente, começa tudo de novo. Pensei em falar com meus filhos e pedir um neto para criar, mas aí podia render muita ciumeira, não ia dar em boa coisa. Mas isso continuou a me perseguir e me lembro perfeitamente de que, bem na noite da entrada da lua cheia, eu estava na sacada aí em cima, olhando para o céu e resolvido, não sei como, a conseguir um menino para criar, nem que fosse comprando a peso de ouro, sem ele saber.

— Parece coisa acertada — assentiu Tertuliano. — Não é, mas parece. E, na minha opinião, é acertado mesmo. Acho que, se a gente combinasse, não ia dar tão certo. É a mão de Deus aí.

— Que é a mão de Deus eu não posso afirmar, mas respeito sua opinião, bem que podia ser isso. E pode se dizer até que o seu convite é o que eu estava pedindo a Deus. É, é uma conjuminação perfeita mesmo, pelo menos para mim. Como padrinho, vou procurar estar com meu afilhado sempre que possa.

— Quer dizer então que o senhor aceita o convite.

— Mais do que aceitar, eu agora quero. Se os senhores voltassem atrás, eu ia ficar muito decepcionado. Não, senhor, o menino já pode ser considerado meu querido afilhado. Os senhores não sabiam, mas me trouxeram um presente, o melhor presente que eu podia querer. O batizado já foi marcado?

— Não, a gente estava esperando esta visita e sua aceitação.

— Pronto, pois então já pode marcar. Vamos fazer o batizado na Matriz e a festa nós fazemos no Largo, não é isso mesmo?

— Bem, de fato a gente não tinha ainda nem pensado em festa. Mas o senhor tem razão, esse batizado merece uma bela festa. Agora, não entendi essa parte do Largo. O senhor quer dar uma festa de Largo?

— Isso mesmo. Pode parecer mentira, mas esse é o meu primeiro afilhado em mais de quarenta anos, acho que o povo tem medo de me chamar para compadre, não sei por quê. É festa de Largo mesmo, não vou deixar passar por menos, do foguete à comilança, está todo mundo convidado e quem não comparecer ofende. O senhor não é contra, é?

— Não, pelo contrário, é que eu nunca tinha imaginado uma festa de batizado assim.

— Nem eu, mas a vida sempre tem uma surpresa e agora eu estou imaginando, e imaginando bem. Vou mandar buscar uma folhinha, para a gente escolher a data sem erro.

— Bom, já que se vai marcar a data, eu acho que tenho uma coisa a falar com o senhor. É difícil de explicar, mas eu tenho quase certeza de que não vou estar aqui para o batizado.

— O senhor vai viajar? Nós podemos marcar o batizado para quando o senhor voltar, não podemos?

— Não, não é isso. Quer dizer, é uma viagem, sim, só que não se sabe para onde. É que eu vou morrer mais dia, menos dia.

— Desculpe, acho que não ouvi bem. Mais dia, menos dia, todo mundo morre. O senhor está doente?

— Não, doente não. Mas eu sei que vou morrer nos próximos dias. Mas isso é um particular meu, não era para falar nisso com o senhor. Não que seja segredo, ainda mais para o padrinho de neto meu e compadre de filha minha, pode se dizer um parente, mas é que não vem ao caso.

— Seu Tertuliano, o senhor não me conhece direito, nem eu ao senhor. Mas posso lhe garantir que estou sendo absolutamente sincero. Comigo o senhor pode conversar qualquer coisa, do jeito que quiser. E isso vem ao caso, sim, desculpe por não concordar. O senhor disse que acha que não vai estar aqui para o batizado. Ora, se o avô que mostrou a bunda do neto à lua não pode ir ao batizado dele, vai fazer uma grande falta. O senhor fala como uma pessoa desenganada.

— Não, desenganado propriamente não. Mas é um pouco. É como se fosse, somente um pouco. Agora não sei por onde começar. Bom, acho que o começo foi mesmo quando minha filha Belinha estava nos princípios dessa gravidez e eu de repente peguei a certeza de que dessa vez ia nascer um homem.

Gato Preto pareceu não gostar que Tertuliano recomeçasse com aquela conversa desmiolada de que ia morrer e ganhar outra vida de presente, mas seu Zé Honório, com um gesto amigável, mas imperioso, cortou sua interferência e sentou-se para escutar o relato. Ouviu tudo em silêncio, às vezes anuindo com um movimento de cabeça, às vezes arregalando levemente os olhos, mas sem interromper, desviar a atenção ou mostrar incredulidade. Quando

Tertuliano concluiu, passou algum tempo ainda calado, olhando em frente quase sem expressão. Gato Preto, muito ansioso, já se preparava para interferir novamente, mas seu Zé Honório ficou de pé, encostou as mãos pelas pontas dos dedos à frente do peito e disse que nada naquela história o espantava ou lhe soava como inverdade. Tinha aprendido que o mais comum entre as pessoas cujas mortes estão próximas — e disso estava muito seguro — era que elas soubessem que iam morrer em breve. Porém era um pensamento desagradável para a maioria, que por isso o disfarçava e enxotava, além de nunca tocar nele em voz alta. Mas sabiam, essa era que era a verdade, e alguns ficavam tristes, outros alegres, outros nervosos, outros tudo isso junto, mas sabiam, o corpo sabia e a alma também sabia, embora talvez relutassem em contar um à outra e vice-versa. Tertuliano, por conseguinte, não era um caso tão diferente quanto se podia pensar. Ele era apenas mais corajoso, ou muito apegado à sua fé no que ia acontecer. Quanto à questão das vidas, tampouco nenhuma novidade. Tanto não podia ser quanto podia ser e, se para Tertuliano podia, então era. Não havia mais nada a acrescentar ou reparar, a história era perfeita, tão perfeita que o impelia a uma conversa reservada com Tertuliano, antes de seu regresso. Talvez se revelasse interessante, tinha o palpite de que sim. De resto, quem poderia garantir que Tertuliano estava errado? Quando não se pode provar, parece certo desmentir, mas nem sempre é tão certo assim, até porque às vezes é a maneira de ver que não permite confirmar nem comprovar, pois o que existe nem sempre pode ser provado, como sabe quem quer que haja passado dos cinco anos de idade.

14

Assim tratadas essas questões, seu Zé Honório aproveitava a oportunidade para perguntar a Saturnino e também a Tertuliano se não concordariam em que, além de padrinho, ele fosse uma espécie de pai de criação do menino. Que ficasse bem claro que não havia, nem ele sequer cogitaria que houvesse, a intenção de substituir os pais de sangue, os quais estariam com o menino sempre que quisessem, onde quisessem e como quisessem. Não era como acontecia muito no Recôncavo, dando-se filhos para criar e esquecendo-se deles. Era apenas uma questão de tutela, como se fosse um colégio interno, só que com muito mais liberdade e sem nenhum dos problemas causados pelo confinamento num internato.

— De minha parte, acho bem pensado, já estou vendo o que quer dizer nascer de cu prá lua — disse Tertuliano. — Nem bem acabou de sair da barriga, Raymundo Penaforte já está mostrando que nasceu de cu prá lua. É bem parecido com um colégio interno, só que melhor e sem padres.

— De minha parte também acho bom — disse Saturnino. — Fico satisfeito em saber que meu filho homem vai ser bem criado, com fartura e boa educação. E também nem ia ser bom para ele, caçula criado numa casa com nove mulheres, era dengo demais ou arrelia demais para um bicho só, não ia fazer bem a ele.

— Quem fica ainda mais satisfeito sou eu — respondeu seu Zé Honório. — Pode ficar tranquilo, que a educação de Raymundo Penaforte estará em boas mãos. Agora só falta falar com a mãe, para ver se ela concorda ou se quer dizer alguma coisa.

— Isso não vai precisar, eu mesmo resolvo.

— Não resolve. Sem a mãe, não resolve. O senhor é bem mais moço do que eu, então não preciso de relambório para lhe dizer, até porque não quero ofender: isso é burrice, não vamos cair nessa. Mas com o tempo se aprende.

— Pode deixar, que eu falo com a mãe.

— Muito obrigado, seu Tertuliano. É claro que é indispensável falar com a mãe, ainda mais se tratando do único filho homem. As coisas que vão afetar a vida de seu neto têm que ser muito bem pensadas. Por exemplo, fico muito feliz porque os senhores concordaram imediatamente em que a formação do menino fique a meu cargo. Mas acho que os senhores não notaram que isso vem sugerir que ele vai se beneficiar comigo mais do que os senhores pensam. Ninguém me perguntou o que é que eu vou ensinar a ele, nem como é que eu vou ensinar.

— Eu confio no senhor.

— Eu também confio. Todo mundo conhece o senhor de ouvir falar bem, nunca ouvi ninguém falar mal.

— Muito obrigado outra vez, mas isso não justifica nenhum descuido. Eu até acredito que os senhores já sabem as respostas a essas duas perguntas. A segunda é fácil. Eu não vou bater nele, nem mandar que ele se ajoelhe em caroços de milho. Vou somente dizer a ele o que se deve fazer, na medida que a necessidade for aparecendo. Agora, eu preciso saber o que é que os senhores querem que eu ensine a ele, de que jeito querem que ensine a ele, o que é que querem que ele acredite e assim por diante. Pode ser que não coincida o que eu penso em fazer com o que os senhores desejam que eu faça, é preciso botar os pontos nos is com clareza. Os senhores podem me dizer o que esperam que eu ensine a ele. Não estou me referindo ao bê-á-bá nem à tabuada, mas ao que vou ensinar a ele da arte da vida.

— O senhor vai ensinar ele a ser um homem de bem, eu sei disso.

— O que é um homem de bem para o senhor?

— O homem de bem respeita a lei, não rouba, não se mete na vida dos outros, trata todo mundo com educação, não falta com a palavra, não dá falso testemunho, não furta, não é ingrato, tem moral, acho que todo mundo sabe o que é um homem de bem. O senhor, por exemplo, é um homem de bem.

— Errado. Ou por outra, pode estar errado. Saber mesmo se eu sou um homem de bem o senhor não sabe, só vai saber no dia em que minha conveniência estiver em jogo. Aí num instante muda o que eu acho que um homem de bem deve ser; deve ser como eu. Isso se eu for obrigado a me revelar, porque, se não for, ninguém nunca vai saber.

— Pois então, pois é essa sabedoria que o senhor vai ensinar a ele.

— Mas isso é um pedaço de sabedoria, uma sabedoria pequena. Eu quero dizer a grande sabedoria, a que abarca todas as outras.

— A sabedoria de Deus.

— Não, a sabedoria dos homens. A sabedoria dos homens não é a de Deus e a de Deus só quem pode ensinar é Ele e ninguém mais, por melhor que seja. Eu estou falando na sabedoria dos homens, a que eu posso ensinar e por ela me responsabilizar. De onde é que eu tiro essa sabedoria?

— Da vida que o senhor levou, de tudo o que o senhor aprendeu no mundo.

— Então é da realidade?

— É da realidade.

— Então os senhores desejam que eu ensine ao menino o que eu tirei e tiro da realidade. Eu não vou dizer a ele que a realidade é boa ou ruim, não interessa. A realidade é o que eu vejo, não o que eu queria ver, nem o que devia ser, nem o que ensinam na escola. Eu não tenho um certo de antemão, o certo é de acordo com a realidade: que é que eu estou ganhando em aceitar esse compromisso?

— O senhor não está ganhando nada, nós é que estamos.

— Engano seu. Eu estou ganhando em que me ocupar na velhice, estou ganhando uma coisa que eu queria, estou ganhando o que vou aprender vendo nesta idade uma criança crescer, estou ganhando muito. Já vi meus filhos crescerem, mas não tinha idade para apreciar direito, agora tenho. Não, de graça, de graça, de graça, ninguém faz nada, até os santos querem por paga ir para o céu. Se os senhores tivessem pensado antes, diriam a mesma coisa.

— É verdade, visto assim é verdade.

— É a realidade. E também não foi de graça que os senhores vieram me dar essa felicidade. Não pensem que estou criticando, porque não estou. O que eu vou dizer é normal e é como todo mundo age, só que não diz. Quando os senhores pensaram em me convidar, pensaram também num padrinho bem de vida e com muita coisa a ensinar. É natural e, se também não me fosse conveniente, eu só aceitava de caridade, dava um velocípede de presente e um agrado todo ano e pronto, é mais do que muito padrinho faz. Só que combina o seu preço com o meu preço, de forma que tudo se estabelece bem, conforme a realidade, e todos conseguem o que querem. E, dentro dessa realidade, vem a segunda sabedoria. Os senhores já a conhecem, só não tinham pensado nisso. A segunda sabedoria é essa mesmo, é que nada, nem a caridade recebida, é de graça, sempre tem alguém cobrando e pagando. E vem logo a terceira sabedoria e sem esta não é possível viver bem. É a sabedoria do murici. Os senhores conhecem o ditado "é tempo de murici, cada um cuide de si". Qual é o tempo do ano para o murici? Todos, porque o murici flora e dá fruta o ano inteiro. O que isso ajuda a mostrar? O ditado é velho e demonstra que se sabe dessa sabedoria desde o tempo de Dão Corno e faz parte dela que ela seja sempre muito bem disfarçada e negada, mas é só prestar atenção no que os outros fazem e não no que eles dizem, o que também é uma sabedoria que está contida na sabedoria da realidade. O ditado no caso é muito feliz, porque podia falar em manga, podia falar em caju, podia falar em qualquer fruta de estação, mas fala em murici, que não é de estação. Querendo dizer?

— Que todo tempo é tempo de cuidar de si.

— Então os senhores estão me dizendo para ensinar a Raymundo Penaforte dentro da realidade, no conhecimento de que nada é de graça e que é tempo de murici. Isso eu posso fazer e concordo em tudo, é isso mesmo?

— É isso mesmo, acho que todo mundo aqui concorda.

— Ótimo, ótimo, então não preciso combinar mais nada. Como eu disse, todas as outras sabedorias cabem dentro dessas.

— São muito interessantes, todas elas. Eu nunca tinha pensado nisso dessa maneira.

— É o costume, é o costume que amarra o pensamento. Porque os senhores conheciam e conhecem essas sabedorias. Já mostraram que conhecem, do contrário não concordariam logo de primeira, como concordaram. Os senhores conhecem todas as sabedorias.

15

— Os senhores conhecem todas as sabedorias — repetiu seu Zé Honório, passando a andar e gesticular pela sala, os ouros de seus adereços chamejando em torno dele e os olhos muito vivos. — As sabedorias se desenrolam partindo da primeira. A primeira é que é a chave, as outras saem dela conforme a ocasião, bastando ouvir a realidade sem meter no meio o que se diz e o que se quer, porque a realidade pode ser justamente o contrário do que se diz ou do que se quer. O que se diz é que é melhor prevenir que remediar. Eu digo que pode ser, de acordo com a situação. Geralmente é melhor ser herói, apagando o incêndio e salvando gente do fogo, do que ser somente cuidadoso e nunca deixar que venha o incêndio. Todo mundo se lembra do herói, ninguém se lembra do cuidadoso; o herói abiscoita todas as recompensas e o cuidadoso tem sorte se receber um abraço, porque só se conhece o fogo depois do incêndio. E dessa sabedoria os senhores também tinham conhecimento, só não tinham ainda pensado da forma mais apropriada, esqueceram a realidade. O homem que conhece a arte da vida deve sempre virar ao contrário o que lhe dizem, para ver se o certo não é esse contrário, de acordo com a realidade. Diz todo mundo que não é bom dever favor, mas eu digo que se recebe mais estima por dever favor do que por fazer favor. Tem gente que fica tão inquietada por dever um favor que se inimiza com quem lhe fez o favor, ou acha nele os defeitos que puder. Mas ninguém se inimiza com quem lhe deve favor. Procurar dever favores é caminho certo para a benquerença de todos e fazer favores pode ser a perdição, se não se tomar bastante cuidado. Todos se sentem bem, quando lembram quem lhes deve favores e a maior parte não suporta dever favor, sempre quebra o orgulho, é sinal de fraqueza e necessidade de ajuda. Tudo isso também está dentro da primeira sabedoria e dentro do que vou ensinar a meu afilhado, muito mais coisa, vai ser bonito. Até um bom ofício posso ensinar, embora não seja eu quem vai escolher por ele. Os senhores já pensaram que profissão gostariam que ele seguisse? Existe na família alguma profissão que ele devesse herdar?

— Não, não, ninguém pensou em profissão. Você pensou, Saturnino?

— Não, não tive tempo. Mas eu quero que ele tenha uma boa profissão.

— Tem razão. E essa profissão ele não vai aprender comigo, mas no lugar que melhor servir. Comigo ele vai aprender a usar a lei do trabalho, que os senhores também já conhecem, mas eu vou repetir somente para deixar tudo dito e explicado. Confesso que já trabalhei para os outros, mas isso era porque ainda não tinha aprendido a agir conforme a realidade. A realidade diz que quem quer subir na vida deve trabalhar sempre para si, mesmo que seja empregado de outro. E também é uma coisa que se deve dizer o contrário do que se faz e fazer o contrário do que se diz, o que de novo, aliás, mostra que se deve prestar atenção no que o sujeito faz, não no que ele diz. Com os sócios é a mesma coisa. A lei do murici não deixa de valer quando se faz sociedade, pelo contrário, às vezes passa até a valer mais. E a boa sociedade é como o bom casamento, que só é de fato bom quando ambos os dois gostam de pão, mas um prefere o miolo e outro a casca. E nunca se deve fazer nenhum trabalho com facilidade, todo trabalho deve ser difícil, custoso, complicado e sacrificado, embora nunca tampouco se deva fazer queixa, mas somente mostrar muita dedicação diante de tanta dificuldade, quer se tenha essa dedicação, quer não se tenha. Todo "deixe comigo" deve ser dito com firmeza e determinação, mas tem de vir acompanhado de um suspiro silencioso. Simplificar tem que ser somente para uso próprio e complicar é para todos os outros usos.

— Mas é lição em cima de lição, o senhor me deixa impressionado. Já vi que o futuro de Raymundo Penaforte está garantido, muito mais garantido do que eu pensava que podia estar.

— Eu também acho, mas não somente por isso. Ele também tem que saber se defender, tem que ter suas boas defesas. Os senhores conhecem essas defesas. Então, que defesas vão querer que eu ensine a Raymundo Penaforte?

— Bem, eu mesmo não sei assim. Nestor aqui é quem deve conhecer bem.

— Deve, sim. Mas todos conhecem, é que não pensaram mais demoradamente. Qual é o santo do senhor?

— Meu santo? Eu mesmo não tenho certeza. Eu...

— O senhor demorou para dizer qual é seu santo e no fim talvez nem dissesse. E não precisa mais. Eu sei que é falta de educação perguntar qual é o santo de uma pessoa e o senhor não precisa responder, só perguntei por perguntar. Quer dizer, por perguntar somente não, mas para mostrar que o senhor já tem conhecimento da defesa, porque a defesa principal é não deixar que ninguém saiba qual é o nosso santo. Quem conta qual é seu santo permite que façam intriga com ele e dá a conhecer seus pontos fracos. É por isso que o senhor não me disse logo qual era seu santo, nem eu quero saber, faz muito bem e faço eu muito bem, que muito mal admito que tenho santo, assim mesmo porque todo mundo tem. E não exibir as defesas vale também para a defesa corporal, da mesma forma que a espiritual. Sabe capoeira? Sabe, mas ninguém precisa saber que você sabe. Carrega navalha no bolso? Carrega, mas ninguém precisa saber. Seu santo é forte e tem quizilas fortes? É e tem, mas ninguém precisa saber. Ninguém precisa saber de nada desses particulares e para isso é preciso vencer a vaidade, porque, mesmo sabendo que as nossas defesas são melhores, devemos deixar que o outro pense que as dele é que são melhores e por vaidade descreva essas defesas e se gabe delas. A vaidade não serve para nada e está no mapa das fraquezas, que os senhores também conhecem, mapa esse que nunca se deve perder de vista.

— Eu não conheço esse mapa. Eu sei que o senhor vai dizer que eu conheço, mas eu não conheço.

— Conhece, sim, é só uma questão de pensar, como nos outros casos. Se eu digo Avareza, Inveja, Vaidade, Preguiça, Ira, Gula e Luxúria, eu estou dizendo o quê?

— Os sete pecados capitais. Esses são os sete pecados capitais.

— Ou o mapa das fraquezas, eu estou vendo pelo lado das fraquezas, a diferença é essa. Essas são as grandes fraquezas que devemos vigiar em nós e tocaiar nos outros. É uma bela lista completa e não há um ente neste mundo que não tenha pelo menos uma dessas fraquezas e cabe a quem quer vencer descobrir a de cada um que apareça na sua frente. Então o senhor vê que já conhecia tudo e apenas não dava valor à grande serventia dessa lista na arte da vida. Com ela se completa o que de instrução vou dar a meu afilhado, o resto vem com o tempo. E nesse caso, todos concordando, acho que já estamos apalavrados o suficiente.

— É verdade, estamos. E eu acho que já vamos chegando. Bem que todos dizem como o senhor é inteligente e sempre dá bons conselhos, mas vendo é que a gente aprecia de verdade.

— Muito obrigado agora digo eu. E não estava botando ninguém para fora, quando disse que por hoje estamos apalavrados, não precisam se apressar. Encerrei de minha parte, não da parte dos senhores.

— Não, da nossa parte também, não queremos tomar mais seu tempo.

— Os senhores não estão tomando meu tempo, não tenho nada para fazer que não possa deixar para outra hora, os senhores por favor fiquem à vontade, sirvam-se de mais um refresco, querem um cafezinho?

— Não, muito obrigado, nós estamos de saída mesmo. A visita foi muito boa e quero lhe dizer que estou muito impressionado com o senhor. Foi um prazer muito grande, obrigado novamente.

— Quem agradece novamente sou eu. Mas, se o senhor já vai, seu Tertuliano, daria para termos aquela palavrinha a sós que eu queria ter com o senhor antes de sua partida, pode ser?

— É verdade, mas eu não tinha esquecido, estava aguardando que o senhor falasse novamente.

— Pois está falado. Aqui mesmo do lado, no meu gabinete, a gente pode conversar, seu Tertuliano. Peço licença a seu Saturnino, a seu Nestor e a seu Custódio, não vamos demorar nada, é somente uma conversa curta, coisa de cinco ou dez minutos. Fiquem à vontade, nós voltamos já. Qualquer coisa, podem bater palmas, que a menina vem ver o que os senhores querem e providencia.

16

Seu Zé Honório abriu a porta do gabinete e segurou-a pelo trinco, para que Tertuliano passasse primeiro, o que quase não aconteceu, porque este se deteve deslumbrado diante das paredes quase inteiramente cobertas por estantes cheias de livros e da profusão de objetos antes jamais vistos, ou vistos apenas em ocasiões muito raras e nunca assim juntos, como uma explosão de cores e formas. No centro da sala, bem menor que a de visitas, uma escrivaninha muito grande tinha em seu tampo uma máquina de escrever moderna, uma luneta astronômica, um globo terrestre, um microscópio, uma máquina de calcular, tinteiros com tintas azul, preta, vermelha e verde, papel pautado e várias canetas e lápis. De um dos lados, uma cristaleira com copos, cálices e licoreiras cheias, uma espécie de cômoda sobre a qual descansavam uma máquina fotográfica e um rádio de ondas curtas, médias e longas também modernos, além de uma caixa de charutos. Do outro lado, um cofre de ferro maciço pintado, duas poltronas amplas, uma vitrola com o compartimento inferior cheio de discos e, nos espaços das paredes não cobertos pelas estantes, um barômetro, um relógio de pêndulo e gravuras com paisagens de todo o mundo.

— Pode se dizer que é aqui que eu moro — disse seu Zé Honório, empurrando delicadamente Tertuliano para dentro do gabinete. — Às vezes passo dias sem sair daqui, a não ser para comer alguma coisa. E não costumo convidar ninguém para entrar aqui, muito menos gente da Ilha, é muito íntimo e não quero comentários sobre minha vida. Esteja à vontade, sente-se por favor. Aceita um charuto? Cigarro eu não fumo, mas tenho aqui alguns, nesta cigarreira aqui junto à caixa de charutos, para o caso de o senhor preferir um cigarro. Ah, excelente escolha, um bom charuto é insubstituível. Este é de Cruz das Almas, eu encomendo lá, aqui está o selo, eu mesmo o desenhei, não acho que ficou muito feio.

Tertuliano sentou-se e examinou com admiração o monograma JH estampado em vermelho-vinho na cinta do charuto. Sim, gostava de um charutinho de vez em quando, mas na Ilha não se achava nada que prestasse, aquilo era uma ocasião em mil. Ia morder a ponta do charuto, mas seu Zé Honório o interrompeu para, pedindo licença, tomar o charuto, cortar-lhe a ponta com uma espécie de alicate que tirou de uma gavetinha na charuteira e devolvê-lo a Tertuliano, acendendo-o logo em seguida, com um isqueiro de mesa dourado. Serviu-se também de um charuto, refestelou-se numa das poltronas e soprou para o ar um anel de fumaça. Verdade, verdade, praticamente morava ali, entregue a alguns de seus interesses, suas felicidades, por assim dizer. A felicidade dos livros, por exemplo, felicidade indizível, viagens, mundos mágicos abertos à frente, todo tipo de experiência e aventura. Não lera de fato todos aqueles livros, mas podia falar sobre qualquer um deles. Alguns tinha somente para consulta, outros porque os admirava por saber a respeito deles, sem tê-los ainda lido e talvez sem jamais vir a lê-los, embora lhes tivesse estima igual. Conhecia cada livro como se conhece uma pessoa e frequentemente se pilhava conversando com eles. Como conversava também com seu potente rádio fabricado na Inglaterra e ligado a uma antena mais alta que um mastro de veleiro grande, por onde o mundo também entrava. E a esses prazeres se somava a felicidade de levar a luneta para o alpendre em noites estreladas para espiar o firmamento, ou a felicidade de ver no microscópio, durante horas a fio, os protozoários que colhia com a água suja de poços e lagoas. E, finalmente, a mais benfazeja felicidade, a felicidade de ouvir música, o supremo dos prazeres do espírito, que desnecessitava saber ler ou entender línguas estrangeiras, mas ia direto à alma, transportando-a para a proximidade do paraíso. Entre todos aqueles aparelhos que manipulava com destreza, o de que tinha mais ciúmes era a sua vitrola, que lhe proporcionava o que, se não fosse por ela, só teria se vivesse na Europa. Nada disso, a Europa vinha pelos ares, na hora e no jeito que ele queria. Sim, aqueles eram seus prazeres, os quais, junto com os ensinamentos, também trataria de transmitir ao afilhado.

Contudo, por mais que a conversa estivesse agradável, tinha que passar ao que motivara aquele encontro sigiloso. A história completa era comprida demais para ser reproduzida naquele momento, de maneira que se limitaria ao essencial. Havia muitos anos que estudava os venenos de peixes como o baiacu, o niquim, a beatriz, o barriga-me-dói e outros, alguns dos quais, talvez em função do que comiam, não eram venenosos todo o tempo ou em toda parte. Tinha curiosidade em saber por que o baiacu, por exemplo, no Japão, era comida restrita à nobreza, apesar de volta e meia alguém morrer por ingeri-la. Depois de muita procura, entre livros, almanaques, jornais e revistas, descobrira que os cozinheiros de baiacu japoneses espremiam sobre o peixe tratado a vesícula do veneno, gotejando no filé um pinguinho infinitesimal do seu caldo. Assim, o peixe não matava, mas provocava uma alteração da consciência e da percepção, bem como uma espécie de beatitude, de leveza quase flutuante — certamente a razão pela qual seu consumo, diziam os livros, era restrito à aristocracia. Bem, para encurtar a história, depois que voltara a morar na Ilha, tinha juntado o que poderia talvez chamar de elixir dos venenos desses peixes. Experimentá-lo sem diluí-lo seria morte certa, mas o mesmo não podia ser dito de uma solução num percentual de determinação muito custosa. Ele próprio dissolvera num litro de água a gotícula de veneno obtida com a ponta de uma agulha e tomara desse soluto uma colher de café, das miudinhas. A experiência, na sua opinião, valera a pena, mas tinha certeza de que estivera à beira da morte e que mais meia colherinha da mesma solução o teria seguramente levado a ela.

—Veja bem — disse, olhando fixamente para Tertuliano. — Eu não estou querendo que o senhor se suicide, nem passa pela minha cabeça o senhor fazer isso. Mas o senhor acha que vai morrer muito em breve e eu não tenho razões para descrer, já disse ao senhor. Aí me ocorreu lhe dar de presente um frasquinho dessa solução, que tenho aqui no cofre. Não se espante, espere o que eu vou falar. Quando eu tomei a colherinha de que lhe falei, passei um tempo, não sei quanto, vendo tudo o que eu queria ver. Olhava para uma casa, queria vê-la se derreter, ela se derretia diante de meus olhos. Queria ver minha cara no espelho ficar mais moça ou mais velha, minha cara ficava mais moça ou mais velha. Queria sobrevoar a praia, sobrevoava. Mas, como não estava preparado, não escolhi ver nada que me fosse de serventia depois. Agora, não vou repetir a experiência. Ao contrário do senhor, não devo ter uma vida nova à minha espera e não me agrada me arriscar outra vez a morrer. Acho que, se o senhor passar por uma experiência igual, escolherá bem o que irá ver, porque já está avisado. Mas quero que o senhor se comprometa comigo a tomar somente uma colherinha de café da solução, como eu fiz, e somente quando tiver certeza de que a hora da morte está perto. Acho que vale a pena experimentar, valeu para mim.

— Isto aqui é como se fosse um extrato de veneno de baiacu?

— Mais ou menos, é extrato muito diluído. Mas acho que é forte o suficiente para matar quem tome mais de uma colherzinha. Eu creio que quase morri, como lhe disse, tive tonturas, formigamento na boca e palpitações muito fortes. Mas, quando o senhor falou de sua certeza da vinda da morte, eu me animei a lhe oferecer essa experiência. Mas não quero enganar o senhor, ainda mais numa questão tão séria. Estou confiando cegamente no que o senhor me disse quanto à sua morte.

— Pode confiar sem susto, eu tenho certeza plena. E meu compadre Nestor Gato Preto é vidente, ele viu isso também. Quer dizer, não viu assim como eu vi, eu juntei á com bê e cheguei à minha conclusão. Entendi perfeitamente o que o senhor me disse e aceito seu oferecimento com muita satisfação. Para resumir, se eu tomar a solução, posso morrer, mas também posso ver o que me interessa, ver direito como vai ser minha nova vida.

— Eu chego a ter inveja do senhor. Sempre quis ter uma boa morte e parece que o senhor vai ter uma boa morte. Aliás, segundo sua própria convicção, não vai ser bem uma morte, será morte para quem fica aqui, não para o senhor.

— Isso mesmo. Bom, agora tenho que lhe agradecer duas vezes, uma pelo meu neto e outra por este frasquinho daqui, que vou levar com muito carinho.

— O senhor não tem que me agradecer nada, quem tem sou eu. Ganhei um afilhado do jeito que eu queria e até precisava, e isso não tem preço. E não sei se a poção vai ter o efeito que eu acho que ela pode ter, talvez jamais vá saber, é somente porque não consegui resistir a uma oportunidade como nunca mais vai aparecer.

— Perfeitamente, não vou discutir, vamos dizer que uma mão lava a outra. Bom, os três aí fora já devem estar impacientes, eu vou chegando mesmo.

— Está muito certo, então. Creia, foi um dos dias mais proveitosos que tenho tido, estou muito contente com a visita. Quando seu Saturnino tiver falado com a mãe do menino e quiser acertar os detalhes do batizado, me procura e juntos nós cuidamos do resto. Tenha um bom regresso, seu Tertuliano, tudo de bom para o senhor.

— Tudo de bom para o senhor — respondeu Tertuliano, para pouco depois montar em Paciência, sorrir, olhar para trás e apertar pensativamente contra o peito o frasquinho guardado no bolso da camisa.

17

Zirinha Quadra, nascida Alzira Laura de Souza Carneiro, não tinha o vício da bebida, mas ninguém ignorava que, duas ou três vezes no ano, talvez por causa de algum sonho mau, alguma veneta incutida pelos astros ou algum desgosto escondido, ela amanhecia atravessada, tomava banho, engolia um cafezinho sem mais nada, vestia a roupa com que mourejava na fazenda e ia passar o dia em Waldemar, bebendo no meio dos homens. Os de fora que assim a vissem, de macacão de brim, botas e facão de mato à cinta, entornando cervejas, soltando palavrões e gargalhando grosso, talvez se enganassem com ela, achassem que era mulher-macho, dessas que querem ser homem e terminam por ser mais homens que os homens. Mas nisso muito se enganariam, porque Zirinha Quadra tinha essa alcunha devido, não ao dominó ou ao jogo de dados, mas aos quatro filhos de que era mãe extremosa e que fazia questão de sustentar sozinha, com o que apurava em sua fazenda de dendê, mandioca, curimãs de viveiro e porcos de chiqueiro. Eram três homens e uma mulher, todos os quatro fortes, dobrados e dispostos como a mãe, cuja primeira barriga foi aos dezoito anos e cuja mais recente foi aos vinte e nove, não por ela de repente haver ficado maninha, mas por causa de peculiaridades.

Poucos homens em toda a Ilha podiam se comparar em valor a Zirinha, que nunca acatou homem nenhum mandando nela, ou sequer dando palpites, e chamava a maioria das outras mulheres de vacas, ovelhas e galinhas sem-vergonha, aceitando ser embuchadas por homens que mal lhes davam sustento, quando davam, e exigiam delas cama esperta, comida bem temperada, casa bem varrida, roupa bem lavada e caprichos satisfeitos, além de cara boa, chovesse ou fizesse sol. Órfã de mãe e com pai entrevado numa cama desde que ela ainda usava fraldas, pegou a fazenda a unha aos quinze anos e em pouco tempo ganhava mais com ela do que jamais se tinha ganho, comprara três saveiros, cinco canoas e dois batelões tainheiros e fazia negócios em Água de Meninos, em Nazaré das Farinhas e em Santo Antônio de Jesus. Quando o pai morreu, exatamente no dia em que ela fez dezoito anos, ela ficou de luto três meses e, no quinto mês, engravidou de Vicentinho Borba, o namorado e, quando ele quis casar para reparar o malfeito, ela retrucou que nunca tinha nem de longe pensado nisso, que casamento era para rampeiras disfarçadas ou para bestalhonas de bom gênio por natureza e, além do mais, criaria o filho sozinha, até porque, se tinha certeza de que era a mãe, o mesmo não podiam dizer os homens quanto a serem pais. E que Vicentinho fosse se catar, com seu ciúme, sua cachaça, suas brigas de galo e sua mandonice, que com ela não combinavam, como, por sinal, não combinava homem nenhum, tanto assim que ela continuou solteira e vieram o segundo e o terceiro filhos, além da filha que chegou em quarto lugar, cada um de pai diferente e sem necessidade dele que fosse além da feitura. Ela continuaria livre para fazer o que bem entendesse, sem ter que dizer aonde ia, como ia e para que ia, nem o que queria, nem o que não queria. E continuou mesmo, criando todos os filhos educados e comportados, ganhando depois o apelido de Quadra, dado não por zombaria ou menoscabo, mas por admiração, respeito e, no caso de alguns, mal disfarçado temor.

Quis o destino que, na mesma tarde em que Tertuliano visitava seu Zé Honório, ela chegasse da fazenda e aparecesse no armazém de Waldemar, para tomar umas cervejas, conversar e se distrair. Final de mês, pouco dinheiro na praça, quase ninguém no armazém. Além dela e Waldemar, apenas Everaldo da Bica, procurando ficar bêbedo. O sol já começava a avermelhar de leve, quando Tertuliano, Gato Preto, Saturnino e Custódio chegaram, muito alegres e falando alto. Tinham lembrado que não comemoraram o nascimento de Raymundo Penaforte e resolvido que estava na hora. Tertuliano ainda quis passar em casa para olhar de novo o frasquinho e guardá-lo bem guardado, mas os outros insistiram que tudo podia ficar para depois e o puxaram pelo braço para que desistisse e os acompanhasse. Assim que os viu, Everaldo sumiu tão depressa quanto antes deixara o açougue de Custódio, mas Waldemar sorriu e saiu de trás do balcão, enxugando as mãos no avental. Parabéns, parabéns, um neto de cu prá lua, tinha de haver grandes festejos, a primeira rodada era por conta da casa. Sentada à mesa dos fundos, onde falava sobre política, Zirinha ergueu os olhos na direção do abraço de Tertuliano e Waldemar, levantou-se e juntou-se a eles. Não tinha aproximação com seu Tertuliano, nunca haviam trocado mais que algumas palavras, mas o conhecia e admirava desde pequena. Agora aproveitava os parabéns do neto para apertar-lhe a mão e dar-lhe um abraço. Tertuliano agradeceu e respondeu que também tinha admiração por ela, era uma mulher como poucas, muito poucas. E, não percebia bem por quê, ela lhe lembrava Albina, sua mãe, ficava feliz por encontrá-la antes de morrer.

Gato Preto protestou. Era uma comemoração de alegria e de vida, lá vinha aquela conversa de maluco outra vez, não, por favor, nada de morte. Mas Tertuliano respondeu que era de vida mesmo que estava falando, porque já cansara de explicar que sua morte não seria como as outras. Nada do que estava acontecendo era como antes, a começar pelo estrondoso nascimento de seu neto, pois agora cabia lembrar que não havia notícia, a não ser talvez entre os muito antigos, de nascimento de cu prá lua assim tão bem conduzido.

— Felino Negro, não precisa ficar assim — disse ele —, você está nervoso demais, nervoso à toa, nunca lhe vi assim.

— E eu também nunca vi você falando em morrer desse jeito. A gente vai ficando velho, vai perdendo os amigos e aí essa brincadeira fica muito sem graça.

— Mas eu pensei que já tinha dado para você se convencer de que não é brincadeira, não estou fazendo brincadeira nenhuma. E o que eu estou falando não é tão novidade assim, você viu que seu Zé Honório acreditou na hora, não fez uma pergunta. E você sabe que não é invenção, você mesmo viu meu neto com uma vida ao lado.

— Mas só vi isso, nada de morte, nada disso.

—Você me disse que viu uma vida ao lado dele e não viu vida nenhuma do meu lado. A situação é a seguinte: a vida de meu neto ainda não está escolhida, a primeira escolha é minha, ganhei esse presente.

— E quem lhe deu esse presente?

— Ah, não sei. Eu não tenho como provar nada, nem preciso. Como você mesmo diz, um belo dia eu não vou morrer de qualquer jeito? Pois então? Pois então esse belo dia está chegando, só que para mim é um começo. Olhe aqui, essa menina aqui também não está estranhando nada. Você está estranhando, minha filha? Explique a este negão que maluco é ele.

— O senhor disse que vai morrer e depois ter nova vida?

— Disse, disse. Não sei o que ele estranha tanto. Muita gente diz isso, assim ou assado. Por que é que eu não posso dizer?

— O senhor pode dizer, sim, a mim o senhor pode dizer.

Claro que podia, e ela mesma também estava acostumada a dizer coisas que o povo estranhava, mas estranhasse à vontade, que ela não ligava. Por exemplo, por que os homens, como o próprio Tertuliano e tantos outros, podiam variar sua descendência com o maior número de mulheres a seu alcance, assim garantindo não depender de uma só mulher, tanto para a quantidade como para a qualidade da cria? O homem podia enfiar seu como-é-o--nomezinho numa mulher, fazer-lhe um filho e desaparecer, mas a mulher tinha que carregar o menino aporrinhando no bucho nove meses, dar de mamar, limpar merda e padecer sobressaltos anos seguidos. Por que, além disso tudo, tinha de se conformar com um pai só para todos os seus filhos? E se puxassem todos eles ao lado ruim do macho escolhido, como ficava a mulher? Ficava velha e cercada de um farrancho de ordinários, empesteando seus últimos anos e lhe tomando tudo o que pudessem.

Com ela não, com ela nunca teve essa conversa. Além do mais, o homem pode ser bom para que se desfrute dele até cansar e a mulher se voltar então para alguma novidade, até somente por achar um outro homem bonitinho e interessante de experimentar. Homem para fazer filhos é uma coisa, homem para desfrutar é outra, podendo muitas feitas não haver coincidência, pois veja--se lá se um bonitinho com quem se brinca uma semana vai se arrogar a fazer filho onde não merece nem tem bagagem. Direito de quem é dona de seu nariz e não deve nada a ninguém — e ela sempre fora desse jeito desde que se dera por gente. Ainda mais que os que a reprovavam não eram ninguém que ela quisesse ser, nem inspiravam nela nenhuma inveja e ainda mais que ela não guardava a honra entre as pernas, mas, sim, na cabeça, no coração e na altivez que ela fazia questão de manter. Quem dormia com ela só tinha o direito de fazer seu papel de macho, enquanto ela fazia o papel da fêmea. Mais do que isso dependia muito. De vez em quando, dava uma vontade nela de conversar sobre essas coisas e de lavar o peito, ainda mais com alguém como Tertuliano, em cujo entendimento sempre soube, mesmo à distância, que podia confiar, não era melhor que tomassem uma cervejinha e conversassem mais?

Como ela estava contente em finalmente conversar com ele. Realmente o admirava desde pequena, não só pela beleza, sempre beleza de homem e de acordo com a idade, como pelo que se dizia dele. Ela sabia que ele não gostava de falar sobre si mesmo, mas ela ia falar, não havia nada a esconder, antes a propalar. O que se dizia dele é que havia jogado na cara do pai uma fortuna e uma vida de nababo, para não cometer a suprema traição, qual seja trair o sangue da mãe, renegar seu leite e suas lágrimas. Escutara com atenção o que ele contara sobre como teria uma vida a escolher. Não achava ele que mais justiça estaria feita, se, em vez dele, fosse Albina que tivesse aquela vida? Não a merecia mais que ele, pois viera mesmo a morrer de desgosto diante da humilhação? Aquela vida à espera de quem a tomasse não devia ser uma nova vida para ele, que já tinha tido uma de equilíbrio e grande dignidade, tanto assim que, se houvesse tempo e condição, ela proporia que fizessem um filho juntos, talvez até dois, pois ainda lhe sobravam uns bons dez anos de fertilidade, que não perdia por gosto, mas por não achar pais aceitáveis. Era, isso sim, uma vida nova para quem nunca a tinha tido, uma vida para Albina, a infeliz mãe de Tertuliano, que agora poderia enfrentar uma sina digna da fortaleza que sempre demonstrou.

Muitos abraços e afirmações repetidas mais tarde, quase dez horas da noite, Tertuliano finalmente se despediu, mas com relutância. Antes tudo lhe vinha parecendo lógico, arrumado e inalterável, mas agora, com a opinião tão espontânea de Zirinha, nada mais era claro e a cerveja, da qual bebeu seis copos, não o ajudou a pôr o juízo em ordem. Sim, por que não seria uma vida nova para Albina, que, ainda na flor dos anos, perecera de desilusão e tristeza? Por que se esquecera disso? Todas as interpretações de sua situação pareciam fazer sentido e, ao mesmo tempo, não fazer sentido algum. Tudo podia ser? Qualquer opinião podia estar certa? Quem fazia as escolhas?

18

Arrependido de haver bebido tanta cerveja, numa idade em que a resistência ao álcool diminui muito, Tertuliano deu uma pequena topada na soleira, ao entrar em casa, e se deteve, levantando o olhar e pondo as mãos sobre o chapéu que ainda trazia na cabeça. A sala era sem dúvida a mesma, mas parecia maior, dentro de uma escuridão desagradável e viscosa, que o fez apalpar os bolsos à cata de fósforos que iluminassem o caminho até o lampião e o acendessem. Nada tinha a aparência habitual e até o clarume do lampião era diferente, uma chama sépia projetando sombras alongadas. No ar, somente a estridência renitente dos grilos e, de resto, um silêncio espesso por sobre todos os telhados e frondes. Estaria chegando, assim bruscamente, a hora? A morte seria como é tão amiúde descrita, um umbral sombrio e lúgubre, abafado e opressivo, carregado de ameaças invisíveis? Lembrou-se do frasquinho dado por seu Zé Honório, tateou de novo os bolsos com as mãos apressadas, lá estava ele. Trouxe-o para a luz, examinou-o, nada demais, um frasquinho de vidro como os de perfume, sem nenhum rótulo e transparente como água.

Tirou o chapéu, pôs o frasquinho e o lampião sobre a mesa de almoço e sentou-se à cabeceira, com o cotovelo no tampo. Pegou outra vez o frasquinho, abriu-o e o cheirou. Tampouco tinha cheiro. Pensou em como seria seu primeiro momento, depois de tomar daquele líquido. Uma vez tomado, não havia arrependimento e muito menos retorno, era enfrentar o que viria, fosse lá o que fosse. Podia ser a morte, como advertira seu Zé Honório. E, se fosse a morte, qual era o problema? Quantas vezes já repetira e ouvira repetido que, de um jeito ou de outro, ia morrer? De novo o que muita gente lhe dissera sobre a morte desde a infância lhe veio à mente, um lugar frio e tenebroso, cheio de almas penadas, espíritos perebentos e avantesmas, o purgatório ou o inferno com todos os seus diabões, não tinha mais certeza de nada do que ia acontecer, como tivera antes de falar com Zirinha Quadra. Nada mais ficaria arrumado em sua morte, antes tão correta, conveniente e alvissareira? Sentiu-se um pouco desamparado, quase abandonado, apesar de não saber por quem ou por quê. A chuva que tinha começado à sua chegada agora descia em gotas rápidas e volumosas, o cheiro da terra molhada invadiu a casa e não lhe trouxe a alegria serena de sempre, antes aumentou ainda mais a friagem e o abafamento. Levantou-se, tirou uma manta velha de dentro de uma gaveta da cômoda, cobriu os ombros com ela e tornou à mesa. Queria domar seus pensamentos em desordem, mas nunca chegava nem a se inteirar deles completamente, tamanha a rapidez com que atropelavam uns aos outros.

Bem, não podia negar que ainda havia um caminho a seguir, o caminho que seria vislumbrado depois da ingestão de uma colherinha da solução. Nem tampouco podia alegar que estava numa situação muito difícil de entender, se ainda não tinha visto o que talvez conseguisse ver com a ajuda daquele líquido de aparência inocente. Chegou a apoiar-se na mesa para levantar-se e ir buscar uma colherzinha na cozinha, mas parou a meio caminho e tornou a sentar-se. Perguntou-se com seriedade se não estava com medo, ainda que disfarçado. Talvez sim, porque uma coisa é falar, outra é enfrentar aquilo em que se fala. Mas não, não estava com medo, não havia lugar nenhum do corpo mandando recados de medo, não havia lugar nenhum do juízo amedrontado, só se fossem os mais ocultos e sufocados. Agora, desacomodado ele podia estar e, aliás, estava. Por que seria, seria porque seu Zé Honório lhe causava alguma desconfiança, porque aquilo tudo lhe causava desconfiança?

Não, propriamente desconfiança, não, mas algo que se insinuava irresistivelmente, daí ele estar se estranhando, se estranhava porque não dera com aquilo prontamente, havia muito que já não estava em seus verdes anos. Não sentenciara seu Zé Honório que se devia dar importância ao que as pessoas fazem e não ao que elas dizem? Sim, insistira nisso. Mas, aplicadas a ele, essas palavras revelavam talvez algo em que não tivesse pensado, não haveria de ter pensado. Recordara os defeitos da alma humana, declinando os pecados capitais, entre os quais era bem eminente o da vaidade. Que jamais deixassem de levar em conta suas grandes qualidades, mas que ele era também senão vaidoso, vaidoso e empavonado, empavonado e exibido? Seu sobrado alvo brilhava mais ao sol que um cristal coruscante, cegando por um bom tempo quem se metia a encará-lo. Sua roupa era de linho inglês, seus correntões eram de ouro maciço, sua bengala era de jacarandá, marfim e ouro, seus anéis eram de ouro e brilhantes, seu sovaco era banhado em água de cheiro e tudo isso ele fazia questão, não tão discreta, de expor. Sua mobília era entalhada no mais rico gonçalo-alves, seus aparelhos eram todos do último tipo e milagrosos, sua criadagem era ensinada, sua despensa era farta, espiava astros e micróbios, tirava orquestras de armários e mais proezas mostraria, se a tanto lhe dessem trela. E também gostava de paradear seu saber, deixando bem claro como era lido, versado, viajado e aquinhoado. Nisso tudo, o que fervia e roía por baixo era a fraqueza da vaidade, fraqueza tão intensa que ele parecia não suspeitar dela sinceramente, vendo-se nisso, mais uma vez, que não é tão sábio assim quem sábio demais se mostra.

E ele seria mesmo tão sábio quanto estimava? Talvez sim, talvez não. Talvez sim, por conseguir tudo o que quer. Talvez não, por pagar por isso o preço da esperteza, qual seja o de desconfiar do próximo e buscar em tudo o proveito que pode tirar, assim permanecendo sempre sozinho e até mesmo sem consorte verdadeiro e sem nada verdadeiramente repartir, nem aquilo que só tem graça repartido. Podiam muitos, ou quase todos, ter isso na conta de sabedoria, mas não, o esperto não é sábio, antes sabido. O sabido sempre está sujeito a encontrar um mais sabido e por isso vive sempre em guarda e nunca tem paz. E, como a sabedoria dele não traz paz, mas inquietação e um excesso de dúvidas, não é sabedoria, é esperteza mesmo. A esperteza que seu neto aprendesse com seu Zé Honório devia ser mesmo aprendida, mas conhecer as espertezas é diferente de se ser esperto, uma coisa ajuda e a outra prejudica.

Levantou-se de supetão, como se despertado de um cochilo, apanhou novamente o frasquinho, girou-o entre os dedos e depositou-o de volta. Não ia tomar solução nenhuma, claro que não ia tomar, e não continuaria a se sentir amofinado, como um momento antes. Beber daquilo só faria, no melhor dos casos, complicar ainda mais o entendimento daquela situação. Duas vidas e duas mortes? Não, era complicação demais, e uma nova maneira de ver essa situação não eliminaria as outras. Além disso, se tomar o líquido redundasse em morte, não seria sua morte natural, seria um suicídio com veneno. E, se sua morte não fosse a que ele acreditava já estar preparada, tudo poderia ser desfeito pelo veneno e aí mesmo que não haveria nova vida, fosse lá para quem fosse.

O que ele ia fazer era aproveitar a leseira da cerveja, cair na cama, dormir e esperar poder fazer ainda algumas coisas antes de morrer, a principal das quais fora prevista por seu Zé Honório, quando falara na importância do consentimento da mãe, quanto aos planos que tinham para Raymundo Penaforte. Seu Zé Honório continuava padrinho, ninguém ia retirar o convite, nada disso. Mas que se cuidassem para o menino não virar filho dele, nem espelho dele. Que fosse como ele mesmo tinha sugerido na frente de Saturnino, ou seja, uma espécie de internato no colégio, mas nunca a família de pai e mãe. Não podia deixar de cuidar disso, conversaria com Belinha e Saturnino ainda no dia seguinte, assim que amanhecesse.

Mas o dia demorou para chegar, porque ele custou muito a dormir e passou quase todo o resto da noite de olhos arregalados no escuro, pensando em como às vezes era difícil distinguir o que se pensa do que se vê, os quais certas horas parecem se transformar na mesma coisa. Adormeceu e sonhou muito, embora, ao acordar, não se lembrasse de nada. E, fazendo a barba diante de um espelho, a luz do dia lhe pareceu tão esquisita quanto a noite anterior, sensação que continuou depois de ele fechar atrás de si o portão de que saiu, para ingressar numa manhã lavada pela chuva e ensolarada, em que logo estaria a caminho da casa de Belinha. Não tinha vontade de falar com ninguém mais, nem mesmo para despedir-se, como antes. Agora que não estava mais seguro do que ia acontecer, não queria correr o risco de ser chamado a provar o que contava, até porque não podia provar nada, ninguém podia provar nada. O que ia acontecer com ele não interessava, afinal, senão a ele mesmo, pois a cada um cumpre passar pela morte sozinho e o seu caso era nesse ponto igual a todos os outros. Inspirou muito fundo, com o rosto levantado para o sol, ajeitou o chapéu e começou a andar.

19

A conversa com Belinha e Saturnino foi bem menos comprida do que Tertuliano esperava e só se esticou mais um pouquinho porque Belinha já soubera que ele ultimamente vinha falando em sua morte. Parasse com essa bobagem, ainda estava longe de chegar a hora dele. Ninguém sabia da própria morte ou de morte nenhuma com aquela perfeição, ninguém sabia o dia em que ia morrer nem do jeito em que ia morrer, deixasse ele de chamar o mau agouro, com aquela conversa. Ele concordou e até acrescentou que não podia mais ter certeza de nada do que dissera antes e, portanto, satisfaria a vontade dela, não falaria mais.

Independentemente disso, desejava apenas se assegurar de que a padrinhagem de seu Zé Honório não passasse de certos limites. Não queria voltar a falar em morte, mas era necessário lembrá-la. Na sua idade, não era possível que ele vivesse ainda o suficiente para ver Raymundo Penaforte crescer. Mas tinha escolhido o nome de batismo dele dentro das mais rigorosas exigências, tinha encaminhado o nascimento com inteira correção e senso de oportunidade, tinha encampado a sugestão de chamar seu Zé Honório para padrinho e mestre e precisava se certificar de que tudo tomaria o rumo mais benéfico para o menino. Falou de novo na comparação com um colégio interno, era bem aquilo que tinha em mente, nada mais que aquilo, pois se tratava de seu neto e do filho de Belinha e Saturnino, não neto nem filho de seu Zé Honório. Ambos concordaram sem dificuldade e Belinha ainda lembrou que era o único filho homem e que nunca criara homem e agora não ia deixar de aproveitar para aprender e se capacitar para, quando já velha, dar bons conselhos às mais novas.

Com os olhos secretamente marejados e o queixo tremido, Tertuliano olhou o neto adormecido e lhe alisou a penugem da cabeça. Demorou-se assim enlevado e somente a voz de Belinha, lhe oferecendo um cafezinho, o despertou. Não, não queria o cafezinho, não queria nada, ia sair em seguida, tinha umas providências a tomar, precisava também passar no Mercado e saber das novidades. Beijou a filha e lhe deu a bênção, abraçou Saturnino e foi embora devagar, mais devagar ainda do que tencionara, porque agora, a intervalos breves, se surpreendia parado e olhando em torno, como se estivesse vendo aquela paisagem pela primeira vez, sentindo aqueles cheiros pela primeira vez e ouvindo os passarinhos, o mar e as vozes dos outros pela primeira vez. Estacado embaixo de uma castanheira, viu botões de flores, se abaixou, pegou um pedaço de pau e o lançou repetidamente contra eles, até que um caiu no chão e ele o apanhou e o levou sofregamente ao nariz. Tinha se esquecido daquele perfume doce e forte, que conhecia desde a infância e que fazia parte das noites mais recônditas em sua memória, aromando todo o ar e incensando visagens. Com a flor ainda encostada no nariz, sem prestar atenção nos dois meninos que começaram a acompanhá-lo com os olhos espantados fixos nele, chegou ao portão de casa, entrou, mas não passou da varanda.

Sentou-se na cadeira de balanço, ergueu os olhos e se acomodou melhor para olhar as nuvens, como tantas vezes fizera ali mesmo, quando criança. Na verdade, sentia-se quase como uma criança, mas estava triste. Resignado antecipadamente ao que lhe viesse a acontecer, como geralmente ficava já havia muito tempo, mas triste, uma tristeza pálida e fria, um desânimo que o envolvia como um cobertor pesado. Não antecipava mais a morte com a alegria de antes, apenas a esperava serenamente e não ia embora a sensação de que ela estava próxima, muito próxima. Zirinha aparecera a tempo de lhe fazer ver que aquela vida tinha de ser para Albina, que merecia, sim, mais do que ele. Recriminou-se por não se alegrar com isso, mas não adiantou, porque o coração ficou opresso e os olhos marejaram novamente, ele não sabia, nem queria saber, por quê.

Tirou os olhos das nuvens, resolveu que não permaneceria mais ali e levantou-se para sair. Mas não conseguia escolher aonde ir, porque de fato não queria conversar com ninguém, não queria falar em nada, não queria nem mesmo rever velhos amigos, qualquer conversa se antecipava penosa. Caminhou para baixo da mangueira velha, parou e se lembrou da maré e da coroa. Maré grande, a vazante estava acabando, a coroa estaria toda descoberta. Sem pensar, voltou para dentro de casa, trocou a calça por um velho calção frouxo que lhe chegava aos joelhos, tirou a camisa, ficou de pés no chão e saiu de novo, em direção à praia.

Mirou a vastidão da baía com a mão espalmada sobre a testa, baixou a vista para as poças como pequenas lagunas salpicadas na areia sem fim, entrou na maior delas para arrastar as canelas por entre os sargaços. Um siri parado à sua frente não dardejou maré adentro, como seria de esperar-se, mas permaneceu no mesmo lugar, mexendo apenas as pinças devagar. Estava mudando de casca e Tertuliano, novamente como se visse aquilo pela primeira vez, se deteve para apreciar, enquanto o bicho, muito lentamente e volta e meia parando como se tomasse fôlego, se despia da casca antiga e em seguida, ainda muito pausado, se enterrava na areia, para se proteger, pelo tempo em que a casca ainda estivesse mole. Tertuliano sentiu os olhos molhados outra vez — que era aquilo, que estava acontecendo?

— Nada demais — disse uma voz. — Eu acho que é sempre assim.

Tertuliano olhou na direção da voz, só viu um pedaço de recife, uma grande pedra escura e semissubmersa, cheia de craterazinhas e coberta de limo. As pedras, contudo, não falam e, portanto, não podia ser a pedra.

— Claro que pode — disse a pedra. — Tanto pode, que eu estou falando contigo. Quem está falando sou eu mesmo, Hendrick Beekman, e eu sou uma pedra, pelo menos por enquanto, um dia pode ser que mude.

— Bom, agora quem diz que eu estou maluco sou eu mesmo — murmurou Tertuliano.

— Eu não sei se estás maluco, não vem ao caso — disse a pedra. — Tu perguntavas a ti mesmo o que estava acontecendo. E eu então respondi que acho que é sempre assim. Quando o camarada está velho e vai morrer, fica assim, se derretendo por qualquer coisa. Antes de morrer, compreende a vida do siri, compreende todas as vidas que existem, compreende muita coisa, vê muita coisa que noutro tempo não via. É como se visse um albatroz azul, por exemplo.

— Não conheço albatroz azul. Existe albatroz azul?
— Não, mas somente até existir um albatroz azul. Antes, tu não me vias aqui, mas eu estava aqui. Hoje me vês.
— Quem é você?
— Agora eu sou uma pedra, mas, pelo que sei... O que eu sei não é muito claro e não tenho como explicar nada, mas creio que posso dizer que sou Hendrick Beekman, marujo holandês, aqui chegado nos seiscentos e aqui ficado desde então.
— Você não foi embora junto com os outros holandeses?
— Não fui porque me mataram. Mas eu gostei daqui, nunca senti falta do frio onde nasci.
— Então por causa disso você tinha direito a outra vida?
— Que outra vida?
— A vida que você está tendo, aí sendo uma pedra.
— Não sei. Você faz perguntas que não sei responder. Não sei se é outra vida ou se é a mesma vida que continua de outra forma, não sei de explicação nenhuma.
— É porque eu achei que, logo depois desta minha morte, ia ter uma vida nova para mim.
— Você pode achar o que quiser — disse a pedra. — Eu só sei que sou uma pedra e quero continuar sendo uma pedra. Agora não falo mais, as pedras não falam.

Uma onda suave tocou na pedra e se abriu em curvas paralelas, até se espraiar na areia. Tertuliano ainda quis retrucar e chegou a abrir a boca, mas sentiu que a pedra não diria mais uma palavra.

20

À noite, depois de passar o dia andando sem direção, Tertuliano voltou para casa cansado e ainda tristonho, embora menos que antes. Nem se lembrava direito de onde tinha estado, mas era como se houvesse precisado cumprir aquele roteiro. Agora não havia mais pendências, não havia mais nenhuma obrigação, estava pronto. E, desde a hora em que conversara com o holandês, ficara menos melancólico em relação à sua morte. Lamentava que, pegado de surpresa, não tivesse aproveitado melhor a conversa. Ao mesmo tempo, não fazia diferença agora, nada do que tinha feito ou deixado de fazer tinha mais importância. Não sabia de onde tirara a sensação de que estaria morto na manhã seguinte, mas nenhuma dúvida a enfraquecia.

Foi até a gaveta onde guardava o caderno de anotações. Olhou o estojo dos lápis, que estava junto ao caderno, pegou-o como quem fosse usá-lo, logo desistiu. Não ia anotar nada, não havia o quê, nem para quem. Queimaria o caderno, como fez sempre com os outros, esfregaria com os pés suas cinzas no chão, como sempre lhe dera prazer fazer. Pensou algum tempo em armar e acender a fogueirinha, mas acabou não pegando o caderno. Quem quisesse que o pegasse depois, não ia nem entender direito o que estava escrito. Recostou-se na cadeira, olhou em redor e achou engraçado seu ar involuntário de quem está conferindo tudo, como antes de uma viagem.

Bem, nada mais a fazer, senão ir dormir. Não havia necessidade de nenhuma oração especial, rezaria o mesmo padre-nosso e a mesma ave-maria de todas as noites, não havia por que fazer discursos ao céu, ainda mais que ele não sabia fazer discursos. Abriu o guarda-roupa e somente então percebeu que tinha passado o dia inteiro sem camisa e de calção, deviam mesmo estar pensando que ele tinha endoidado de vez. Deixou o calção amarrotado no chão, vestiu a camisola, apagou o lampião, permaneceu sentado na beira da cama enquanto rezava, persignou-se e deitou-se para dormir, querendo não ter sonhos.

Mas teve sonhos e, pouco depois de adormecer, achou-se num salão muito espaçoso, em que era guiado sem perceber como. Acabou deslizando para um dos cantos, onde havia como que dois nichos grandes. Por mais que tentasse, não conseguia diminuir a distância entre ele e os dois nichos, nem clarear a névoa esbranquiçada que os velava. Ninguém lhe dizia nada, mas era de alguma forma claro que num dos nichos estava seu neto com uma vida ao lado e, no outro, ele, sem nenhuma vida ao lado. E a vida ao lado do neto não era dele, como não era de Tertuliano, pois a vida do neto, ainda no começo, estava dentro dele, e a de Tertuliano, já no fim, também estava dentro dele. A vida ao lado era de Albina, mas não como gente e, sim, junto à do bisneto, como anjo da guarda e zelador de sua descendência. Tudo isso, porém, de repente se transformou num turbilhão convoluto em que sobressaía apenas a voz do holandês empedrado, repetindo "tu não sabes nada, tu não sabes nada, Tertuliano", e ele acordou com os olhos subitamente muito abertos.

Ou não acordou, porque à sua frente assomou um albatroz do tamanho do horizonte, a sombra de sua envergadura majestosa por um momento cobrindo o céu, para depois ele surgir novamente, com esse céu se confundindo, pois era um grande albatroz todo azul e, sem ver como, Tertuliano era esse albatroz, agora do porte dos outros e singrando as alturas de que doravante será morador, na direção da luz do sol.

O sol amanhece sobre as águas silenciosas da baía e todos os matizes faíscam por cima das ondas, dos topos das árvores, do casario suspenso entre as brumas da aurora, dos campanários, das velas de um saveirinho aqui e acolá. Os cheiros são uma mistura almiscarada de maresia, peixe fresco, comida de tabuleiro e mingau, café torrado, bosta de vaca, lama do mangue, melaço de cana, aromas de flores. O que se ouve são barulhos enganosamente próximos, trazidos pelos ecos sobre as colinas, descampados e coroas, gritos dos pescadores que, depois de passarem a noite nus, trabalhando no meio do mar, agora celebram ter peixe para vender e embicam ruidosamente as canoas para a rampa do Mercado, atitos de bem-te-vis e sanhaços, zumbidos de moscas, a lambida sonolenta da água nos costados dos barcos apoitados, o zizio de uma faca sendo amolada na pedra.

Sobre o autor

João Ubaldo Ribeiro nasceu na Ilha de Itaparica (BA). Seu primeiro romance, *Setembro não tem sentido*, foi publicado quando tinha apenas 21 anos. É autor, entre outros, de *Sargento Getúlio* e *Viva o povo brasileiro*, marcos da literatura brasileira contemporânea. Seus últimos romances, *A casa dos budas ditosos*, *Miséria e grandeza do amor de Benedita*, *Diário do farol* e *O albatroz azul*, venderam mais de 500 mil exemplares. Membro da Academia Brasileira de Letras desde 1993, João Ubaldo Ribeiro viveu no Rio de Janeiro, dedicando-se à literatura e colaborando com jornais do Brasil e do exterior. Em 2008, recebeu o Prêmio Camões, atribuído aos maiores escritores de língua portuguesa. Faleceu em 2014, deixando dezenas de obras e um legado imprescindível à literatura nacional.

Conheça os títulos da
Coleção Clássicos para Todos

A Abadia de Northanger – Jane Austen

A arte da guerra – Sun Tzu

A revolução dos bichos – George Orwell

Alexandre e César – Plutarco

Antologia poética – Fernando Pessoa

Apologia de Sócrates – Platão

Auto da Compadecida – Ariano Suassuna

Como manter a calma – Sêneca

Do contrato social – Jean-Jacques Rousseau

Dom Casmurro – Machado de Assis

Feliz Ano Novo – Rubem Fonseca

Frankenstein ou o Prometeu moderno – Mary Shelley

Hamlet – William Shakespeare

Manifesto do Partido Comunista – Karl Marx e Friedrich Engels

Memórias de um sargento de milícias – Manuel Antônio de Almeida

Notas do subsolo & O grande inquisidor – Fiódor Dostoiévski

O albatroz azul – João Ubaldo Ribeiro

O anticristo – Friedrich Nietzsche

O Bem-Amado – Dias Gomes

O livro de cinco anéis – Miyamoto Musashi

O pagador de promessas – Dias Gomes

O Pequeno Príncipe – Antoine de Saint-Exupéry

O príncipe – Nicolau Maquiavel

Poemas escolhidos – Ferreira Gullar

Rei Édipo & Antígona – Sófocles

Romeu e Julieta – William Shakespeare

Sonetos – Camões

Triste fim de Policarpo Quaresma – Lima Barreto

Um teto todo seu – Virginia Woolf

Vestido de noiva – Nelson Rodrigues